逢
詩集

Takashi

Shichosha
現代詩文庫
200

Gendaishi Bunko

思潮社

現代詩文庫 200 岡井隆詩集・目次

詩集〈限られた時のための四十四の機会詩 他〉全篇

詩四篇

四十四の機会詩

装幀・芦澤泰偉

詩篇

詩集〈限られた時のための四十四の機会詩 他〉全篇

詩四篇

死について

1

死の瀬の磯(そ)の洲(す)との差　と言つて遊ぶ
死つて曲がることなんだと声高に宣言して遊び
曲がり切らないうちに向うから来る　と言つて遊ぶ
死を束ね／てゐる黄金(こがね)の／帯がある　と作つては遊び
逝くことだといふ嘘を青空を喪ふことと言ひかへて遊ぶ

2

死はうたでいへば結句。初句かも知れない

3

死は　ある〈系〉の末席だといふ人がある
その椅子に座ると〈系〉の連衆が一せいに立つてどなる
んだつて

4

あるメロディーの終端和音だといふ説があつて後は音の
無へ接続するつて次第　もつともすぎて信じられやしな
いのさ

5

水たまりに映つて鼻だけが暮れのこつた芥川家の玄関に
致死量が届けられてゐた昨夜「斎藤家から」と言つて

6

昇ることなんだといふ説も一部の人によつて執拗に提示
されて来てゐるがやや平板（失礼）だと思へる仮説じや
ないか　上昇は下降より辛いのではないかと空のために

若干の恐れを抱く

7

三十で死んだ彼
四十で逝つた彼女
六十で去つた君
かれらを里程標にして八十を生きてゐるとしたならば
ぼくは死のまはし者

8

雑文家の末端でことばは死臭を揚げる　書きはじめたときからさうだつたとはうすうす

9

水彩画ニヨツテ
ナグサメラレル晩年トイフノモ
筆ヲ持ツタ人ナラワカル準備ダ
死ハ内部ダケアツテ外廓ガナイ
タワワナ花房ノヤウニ
ナンダロウ　摑メサウデ手ガカリガナイ

10

鬱と笑ひの双つの入口を持ちけたたましく笑つてゐるうちに境を越えるといふこともある

11

北条霞亭末一年から遺言ワレハ石見ノ人トシテまで彼にはなほ委蛇の蛇足を嗤ふだけの余寒があつた

12

あの時隣席にゐた死を覗き込むことがためらはれたのはなぜだ

13

痰一斗へちまの水も間に合はずの句を一年前に作つて置いて
死の直前に弟子の捧げる紙に
辞世として書いた

ずゐ分ゆつたりとしたカーヴを画いて
かれは曲つて行つたのだ

14

わつせ　わつせ　網戸の目につまつた　さみどりのウンカ

15

北川さんが迂回して来た
北川さんは
迂回させたともいへる
田舎道にうづくまる
私の死を

16

あのあたりはアポトーシス派の寺院が多くて墓が建てにくいといふ世俗の理由もあるがヤマザラメヤモ教はなんといつても森だからピノーシスとしてはだな　松風をきいて何千年も死んで来たのだ

17

深いなあ
深いんだよおお
泥だなあ
きれいな泥だけど

18

没年不詳といふひとは死の予科生であり続ける

19

外科医のメスが機敏に繊細に動けば動くほど死が広汎に
薄膜となつて蔽ふ、背理夕映え

20

たぶん死は永続する状況だと思はれてゐる
心中情死相対死（あひたいし）殉死
無理であらうと理であらうと
先立つといひ　後追ふといふ　それがむごいから死は共

同の森へ向かつて曲ると考へるのだ
たぶん死後が永遠に青天であることは難しい
墓は佇立(ちよりつ)する願望のはかなさ

21

ことばの死は喪志
沙羅の木のしたの
死の死

連詩の会のあくる日

静岡連詩の会から帰つて来てからうすくらがりの廊下を寝室へふらふらと歩いた。

『斎藤茂吉／木下杢太郎往復書簡』を開いてベッドにころがる。茂／杢ともに微妙な間(ま)を医の仕事に空けてゐた。茂吉には遠慮があり杢太郎には不信と焦慮があつた。詩の話は一行も出て来ない。

書簡にあふれてゐるのは本郷と青山の日の光だけで本屋の店員が行間を出たり入つたり　杢太郎はともかく創造の小山を一つ越えたばかりだつたがそれを攻撃する茂吉の方言はごく控え目で大ていそれについての杢太郎の返事は欠落してゐた。

読みさしの頁に示指をはさんで目をうつろにしてゐるとき『斎藤茂吉／木下杢太郎往復書簡』ではない、と気づいた。さういふ書物はこの世にないのだ、とすればわたしは静岡連詩の会にも行かなかつたことになるのである。

話題

話題が避けられるやうになつてゐる
話題のまはりをうろつくこともない
話題をすりかへる手品もいらなくなつた
壁と壁の出隅(ですみ)のやうなところへ行つて話す
話題は　深い泥濘を避け
話題は　一瞬前のぬめる藻の往反を避け
話題は　のけぞるやうな局面を避け

話題は　無言の見つめ合ひを避け
話題は　ベランダから入つたときの汗ばむてのひらを避
け　指から入つてくちびるへ抜けるのを避け
頻度を避け　温度分布を避け
フランツ・カフカ小路を避け
ガラパゴスの亀さへ避けられる
話題は　永遠に避けられる
か

胃底部の白雲について

胃の底部にしづかに白雲が沈んでゐて
今朝はその雲が話題を独占した
語られなくなつたねイラク　といつて
避けられもしないイラク

世界にはなんと六七八四もの言語があるが
そのうちのどれかが二週間に一つの迅さで絶滅していく
　んだつてきくと心強くて
日本定型詩の文語をからかつてやりたくなるんだ
しやべり言語じやないけどお前さん長寿だねつて

流暢にしやべる人が一人もいなくなればその言語はおだ
　ぶつ
死の噂はいつものやうにわたしを悦ばすそれが言語であ
　れ話題であれ他者であれ
そしてもうしやべられることのない死語の詩を書く
あかねさす昼にぬばたまの夜に日（け）並べて、さ

バッファロオを狩つて暮らしてたインディオが
土地に囲ひ込まれて農を強いられたら忽ち亡んだやうに
詩は狩猟に散文は農耕に向いてるみたい
死の噂はここでも芳香を立ててゐる

母語つていふがその肉襞の奥には
いくつもの私有言語をかくしてゐて
たとへば夫婦語もその一つ　それが

今朝は胃底部のしろたへの雲をあげつらつてゐたのだが
世界八大優越言語の一つ日本語を母語だなんて言つてゐ
　ながら
「飯(いひ)の間(ま)は心におもふ暇(ひま)ありてまた思ひいたるかへらぬ
　人に」（中村憲吉）
なんて狩りのことばはいつ
バッファロオと共に滅びるかも知れんのだ

四十四の機会詩

嘘

八月十六日

嘘は沈黙との間に谷をつくる
嘘は真実をいはぬこと
ではない
嘘は多彩　しかし真実に色はない

人と人との肩のふれ合ひの
その向うに紅葉をみる
花をみるより多く紅葉をみるが
花も紅葉も色がある

手紙を書き泥(なづ)んだ
指は字を忘れ　字を打ち消した
窓が曇りを教へる午後の

はかない外出を送り
未完の帰宅を待つ
嘘でもいいから　平穏に生きたい

夕ぐれの自分

八月十六日　その二

「嘘が生む嘘」といふ人と
「嘘こそまことの母」といふ人とが
話し合つてゐる土手の上で

万物の主（しゅ）の在（ま）します川の岸で
嘘の花を咲かせる
万物の主の耳には嘘の向う側から
呼ばないでほしい
嘘の声では

道をわたらうとして左右を視る
ぎらぎらした夏の道のわりには
空気は埃か霧を含んで

今からどこへ行くにしても
嘘の八（や）ちまたをまたぐことなしには
夕ぐれの自分の中へ帰れはしない

秋めいた雲

八月十七日

ちがふ価値観の群が追つてくる
一夜で空が秋になつたみたいに
片すみで肯（うべな）ひながら
もう一方の空はちよつと変と思つてる

その怖ろしい群にはボスがゐて
従つて行く猿にもこと欠かないから
なめらかな声が宣言すると
さうだ！　と立ちあがつて喝采する奴ら

つつつーい、つつつーいと啼く鳥は
みんみんと鳴く蟬と同じく同調者をよぶ
一人でもいいが　やはり二人になりたい

二人つて危険だよと囁く声も
まして群をひきゐるなんて　愚かな君
秋めいた雲は群れてるやうで独り行くんだ

帝国のあるじ

左派と右派。
こころの中の旗が大きく靡く。
そんな朝は　どちらかといへば善い日。
窓をあけて　南の雲を見る。

左派はなにかを変へたいと言ふ。
変へられはしないし、変へるなら、
違ふ方向へ曲げたいと右派。

二人だけの帝国にさへ、
毎日　左派の旗が立つたり、
右派ののぼりがはためいたり、
歯をみがく時の水に映る。

昔からかうだつたのだと知る。
女が帝国のあるじの時も、男の時も、
右派と左派の旗は城壁に立つてゐた。

八月十七日　午後

場所について

場所はつくるものだ
場所を設けるために人は
いくらか花を剪り枝を曲げる
ひろがるのは空虚　であるが

むなしいところを埋める予定が
人々によろこんで場所を作らせる
秋めいて来たからよけいに
予定が集つて来さうなのだ

向うには障子に照らされた机
ここには緑のカーテンのかげの机
イタリア・ルネサンスの版画は

わざわざ主の降誕図をかかげて
うつろな机辺を埋めようつて按配だ
朝食の合図が一気に場所を打ち消すまで

八月十八日　朝

流れについて

変ると思つてはまづいよ
変るつて移るんだ
流れが或る筋から　微かに
位置をずらす　その光の違ひだ

葉つぱを頭上に編んでもらつて
帰つて来たつもりなんだらう
月桂樹だなんてまちがつても思はない
けれど葉つぱは冷たくて気持がいい

あの人も流れを移して光つた
もう一人もどこか山の向うに
流れを変へてしまつたみたい

わたしはまだまだ移さない流れを
短い季節の唄にのせて
山と山の間をおだやかに流れるつもりだ

八月十八日　夜半

始源といふ神話

始源とはどこにあるのかと問ふことは
今を納得させるためでもあるが
今に満ち足りてゐる証（あかし）
でもあつた　昔は

あの始源があつたからこそ　この国が産まれた
さう思ふ人があふれかへつてゐた
始源は神話　にちがひないが
始源はあたかも本当に在つたかのやうに
遠い水上に輝いてゐた

もう今人々は始源を問ふこともない
ただ終焉を予感してゐる

始源は点でも1でもaでもなく
終焉と同じやうにのつぺらぼうで
無限といふもう一つの神話に陥入してゐる

八月十九日

刑徒の日課

八月二十日　暁の夢

刑徒の日課は　熊を連れて歩くこと
たえず手を襲ふ白色の熊
細長い遊園を並んで歩く
先人はナイフを携へたが

わたしは素手で熊を連れる
いつ胸腔にかれの牙がかかるか知れない
眼が毛に没してゐる恐怖

食はれないことが一日を保留する
立ち上がるかれと対峙
でも食はれない
脅かして終る散歩

刑徒には昔がない
熊を連れて歩くリスクが　今
明日を思はず　熊を意識して歩く

菜と肉

八月二十日　その二

飛来した肉は濃厚　葉のいろのみどりを待つて静まつて
ゐる
ちんげん菜のみどり抱へて妻はいま解凍しつつ肉を視る
ベランダの濃いみどりには果（み）も花もない

遠回りして妻と逢ふ
逢ふことをまたしばしばも帰り路（ぢ）にして
またいくつ書かねばならぬ暑き日が
過ぎて　雲わらわらと秋めく朝を

さういふ朝を期待しながら
味覚とは低位の価値だ
きらめいてゐる木の葉は幹とかかはりはない

味はれるのではなく
食道を走り去るもの　そのとき
道ばたの小石は

拾へるだけ拾ふがいい

会議について

八月二十一日　朝

おだやかに会議は終つた
と女手の報告がとどいた
来なかつた二人にはそれぞれ
かなり深い理由があつたのだと

越後と伊勢　どちらにも病人がゐて
わたしの心は橋をわたるが
病ひに寸毫の手助けもできない
橋の向うのしげみにうづくまるだけだ

人々の中からその人が出てくる
昨日出て来たあの人
今日顔をみせてこの人になつたその人

会議はいくつもあつてその一つが終つた
この人をさへぎつたあの人の
声だけが畳の上に残る　夏の会議

思ひがけなくゴーヤが出た夕餐

八月二十一日　夜

向うへ押しやることがこちらを広くする
広くなつたやうな気分だけで
朝が始まつてゐる
他人の意見は腐敗しやすいのだ

南部の胆沢(いさは)といふ地名
右側腹部(みぎそくふくぶ)にちらちらのこる痛み
胆沢川は胆(きも)から流れるみどり
食べ終りたいといふかすかな欲望の川

ふほふ、ふくと朔太郎は呼んでゐた
フォークで刺す梨の腹部

オムレツもフライもない夕餐のとき
思ひがけなくゴーヤが出た
帰つて来てみれば　押しやつた筈の荷は
こちらへ戻つて来て　暑い

祈りの声

八月二十二日　朝

〈仰ぎ乞ひ願はくは　父なる神の愛……
とおぼろげに立ちあがる声は
〈われら一同の上にとこしへに在らむことを……
と霞んで消えたが　あの

夢の中の声はたしかに私のもの
もとより行けさうで行けない場所からの
明かさうとして思ひとどまる心底の
覚めようとしてまどろむ蛇の声でもあつた

話してしまへばそれだけのことだつたのだ
覚めてゐない身体に覚めかけた心を
注ぎ込むことなんかできはしない

〈聖霊の親しき　御交（おんまじ）はり……
老いたる師父の野太い祈りの声を想ひ出すほどには
暑さもすこし鎮まつて来てゐるのだ

今夜のあやまち

八月二十二日　夜半

言はなくてもよかつたのに
言つてしまつた
濃い茶は眼前にあるが
氷の雫をうけたい唇

遠いところから帰つたみたいに
道は濡れ　風と風の間を
バスは走つた

すぐそこに助けはなく
遠出するつもりだつたのに
近くの湖心を目ざした

今夜のそのあやまちを
強い手で押し返すやうにして
『天皇家の宿題』を読み始めた

秋の雨

八月二十三日

ささやかな仕事でありたい。
微細な上に貴重な金属、
それが膨らむのを拒みたい。
もしも針がそちらを指さないなら、

しづかに階を降りること。
理（ことわり）なんかではなく

万葉や記紀歌謡をもつ
日本語の美庭へもどりたい

にはかに降りはじめた秋の雨
長くのびた湿舌のはしから
落ちてくる嘘のまじつた雨粒

とはいへ、どの仕事に虚構のまじらないものが
あらうか、人知れず行なはれる
祭儀のやうな　雨の走り

ぼんやりとしてゐる朝

八月二十三日　その二

ぼんやりとしてゐる頭、出すべきを出さぬ手紙の。
きりきりと舞ふにかあらむ、あの葉この葉の。
一日は暗くはじまり、茫々とかすみて終る。

黒きまでみどり深まる、遠方のかしわの森に。

八月二十四日

微笑について

日本人の微笑は封建君主から強要されてゐたとバートランド・ラッセルは書いてゐる。
恭順と信頼と和平の旗、微笑。
それはあらはれてはならない場面で咲くことがある　笑ひの花。
微笑はたぶん笑ひの中にはカテゴライズされない　時分の花。

ふかい疲れがかれらを包んでゐる。
笑ひが出てくる筈はないのだが、
微笑は永遠に灯(とも)る、疲れを照らして。

一日をなにか目に見えぬ敵と戦つて来た、ろくな指揮官のゐない鳥(からす)の寄り合ひとして。
液晶画面を流れるユーラシアの草原を
今日の終極の眺めとする
そんなときでも、微笑は生きてゐる

八月二十四日　夜

幸福論

幸福とはなにかを論ずる人は
幸福であつてはならない
緑かどうかをたしかめる葉は
もとより緑しか持つてゐない

ずゐ分とよくしやべるラッセルさん
あなたはおもしろがつてるんですか
それとも教へ魔？

貧しくて殺しあつてゐてそれでも

不幸ではないし　自身も
幸不幸を超えてゐる
さういふ人たちの中へ分け入つて

などと考へるとまちがふよ
あなた自身が殺されて
緑の中のみどりになつてしまふ

行列について

順番といふ約束があり
その中へ介入して狂はすとき
並んだ人たちのかすかな動揺を
あへて無視すれば　背中がかゆい

いやなことのためにも並ぶ
遠い未来のために並ぶ
広場には人々の蛇行のあと

腕を出して採つてもらふのは
血だけじやない　不安も
ざはめきの去つてゆく肉体の

これからなにをするための確証なのか
それとも行列を乱したときの背中の
かゆさが　えい、今日の始まりの
予兆としてうれしいから立つてゐる？

八月二十五日

根拠について

辺境へ放逐されて
詩を考へるつて気分からは遠いね
仕事とは無為の苦痛をつぶすために在る
などと　ラッセル氏はおつしやる

島には夕日が朱かつた

八月二十六日

帰りの船が出ようとしてゐた
逐はれて来た一人のどうしやうもない孤独
かへりに寿司屋に寄つたりしたが
孤独と寿司屋と女とはどうなれ合ふのだ
夢からの出発は朝をせつなくさせる

根拠のない不安には同調する
民族とか国とかもう廃品化したコンセプトだ
個人が独りで生きる根拠をつくるのは無理だ
万葉も古事記も　ただの古本になつてゐる

八月二十七日

雀とわたし

暑いから雀たちは嘴（くちばし）をかるくひらいて
パンを待つてゐる
期待してゐる姿はさりげないだけに
あはれである

かといつてひどい飢餓が
かれらの日常にはあるわけじやない
パン撒き人の不在のあひだ
かれらは青空と遊んでゐる

浅いとはいへ午後の穴ぐらに
こもつてゐたわたしは
カーテンをたてて雀たちを拒んだ

雀とわたしの間には餌撒き人がゐて
この中間項のおかげで
雀もわたしも安らかにへだてられてゐる

八月二十八日

この街の概観

この街には平坦な道ばかりが
団地とマンションの間に通じてゐて

川はなく丘もない　朝蝉は啼きしきり
むつとした蒸気が立ちこめるばかり

せめて脚韻ぐらゐ
と思はぬでもないが世は滔々と
散文へ流れる濁り水ばかり
頭韻が多少の語呂合はせに応ずるだけだ

ひと回りするあひだに　老いたる
すこやかな男女がバスから降り立ち
炎天下を歩いていく

灰白質の街ではあるが
異郷だとは思へない
さういふ街に住んでもう十年になる

舟ごころについて

八月二十八日　その二

中途半端に「名」が立つてしまつた　かれ
うるさいだけとはいはないが
「名」には小さいながら魔力がある
かれのめぐりの葉の茂り

舟(ふな)ごころとはいい言葉だ
陶酔と不安と
揺れてゐるのは舟ばたではなく
「名」の立つたあとの人生である

多数派になつたことは一度もないが
それにしても　逃げて行く昔の同志たち
左から右へ河をわたる夜半(よは)の月
舟ごころも舟唄もさういふひとりへの
中途半端な「名」のはやしことば
だとおもつてあふぐ黄色い月

人間ドックを終つた午後

八月二十九日、簡易人間ドックを終つて帰つて来た昼

写し出されてゐる肺紋理（はいもんり）のこまやかさ
これが身体基幹臓器の影
しかしこころはここにはなく
遠い昔の学窓の横顔を想ふ

教授たちとはとてもじやないが親しめなかつた
それはかれらの単調な教養への不信
あるいは自らへの過信
友人たちはやさしかつたが
それにも素直に手をのべないわたし

さて一応点検は終りGOとなつて
どこへ向かつて出航するのだ

音楽が終つてにこやかに楽団に向かつて一礼する
青年のしぐさからだつて
わたしはわたし自身の重苦しい老いた身体を実感するのだ

すべての言葉が

八月三十日　午後五時

すべての言葉が弱々しく語りかける
どの窓からも大した光は入らない
鳥たちも雲のあひだにかくれて
わたしの内奥の部屋もひえびえとしてきた

天下国家を論ずる本は閉ぢ
深刻で広大な音楽は切つた
愛恋をうたふ詩からも絶縁した

今リアルに思へるのは腸（はらわた）の所在
長い細密な管（くだ）が水を通してゐる
そこに混り合ふ果物の切れはし

静かにゆたかに事柄を推しすすめる

落ちついた老人を偽装する
そんな夢からはとうの昔に
手を切つてゐる筈なのだが

かゆみの王国

右腕を掻きはじめると
背にうつる掻痒感の
たちまち小さな火花の渦となる

頭をよろこばす映像を
求めては動く無駄な指
もう　寝ればいいのに
まだ今日のふところに抱かれてゐたい

注文が来るとよろこび
それをこなすだけで向う岸へゆけると
まさか錯覚してるのではあるまいが

左足から右大腿（だいたい）へと
かゆみの王国はひろがり
移りゆく沙漠は
落とされる指の雫を待つのだ

八月三十一日　夜

岩を踏む道

詩歌の解説は不可能な道
ところどころ岩をとびこえる声
待つ読者は面（おもて）をしかめただらう
三年前の慌てぶりがをかしい、と

句は解きほぐしがたく
背景の提示で逃げる
いつもの手ぶりが痛ましい

妻の指摘に感謝しながら

八月三十一日、新輯「けさのことば」のゲラを読みつつ

ゲラを持つ手もゆるんで
おのづから夢へ入る

朝食をはさんで辺空の朝食の歌
の想像ばかりの解説を書いて
もう一度　机にもどるのだ
次なる岩を踏みこえるため

鋏について

鋏が錆びてゐるのは愉しくないので
黒い柄に朱の支点のついてゐるのに
アンモニアを　嗅ぎながらすき間へ
垂らしてさびを洗つてゐた

その時は少し動いたが今また沈黙
美しい姿態に似合はぬ機能不全
を恥ぢてゐる　ほどではなく
後方へしりぞいて他の鋏に働かせてゐる

鋏はいくつもいくつもあつて遊んでゐる
目にみえない机上卓上床上で遊ぶ
二つの刃はまるで　剪るためにはないみたい

これからの一日に君たちの出番はある
だらうのに遊びと労働の狭間で眠るのか
赤、黒、緑の大小有数の剪刀群よ

九月一日

泣く女たち

九月二日　朝　五時五五分

こつこつと机を叩く鉛筆が私の注意をひきつけてゐる
こつこつと硝子戸を打つ雨つぶが私のこころを苛らだた
せてる

悪のためはたらくといふ悪のためはたらいたことのない

吾（われ）のために

女らは一かたまりに泣いてゐる女らの運命に気づかぬやうに
女らは涙をぬぐふまなぶたの下の運命に気づかぬやうに
女らはしづかに泣き出した　のであるがしかも運命はかれらを変へず
朝鮮半島発の噂が古代より今に至るまでなやましいのだ
女らはつぎつぎに来て泣き初（はじ）む　決して男らのせぬやり方で

九月二日　その二

稲の神について

カリスマではない
かといつて大地母神でもない
包まないで　つき放す眼
民族の運命の星だつた祖父とはちがふ

不器用に舟をあやつる小さ子（ちひさご）の神
遠いところでめがねと髭が光つた
暴力の統率者とはまるで思へなかつた

よそから来た現実のそばでは
小さくて弱くて　でも
わたしとはちがふ人たちが
崇めてゐた

万代にわたる
儀礼と習俗の中の稲の神
わたしの運命とは一筋かけちがつた存在

やはらかい手

いろいろな考へが交叉する
赤いのは性にかかはり
黒いのは昨夜の原稿
青いのは明日の心配

まだ狂気は訪れて来ない
論理と挨拶の一文を呈す
相手は駿河路の歌人
長く尊敬して来た

今追ひかけてくる外部はない
すべてをさへぎつて秋の
くもりが窓を覆ふ

やさしい声　やはらかい手が
両方の肩を揉んで
行つてらつしやいと送り出してくれた

九月三日、前橋市のホテル、夜

詩と無心

「高度に洗練された技法」
「一点を目ざしてブレない方嚮性」
「持続する意志の力」

波が高まつては退く
退いてまた寄せて昂ぶる
平板な結論へとは流れない
とは誰が決めたのでもない

ここへ比喩を持つて来て転回させる
たとへば蛇　たとへば河をわたるの図
ゆつくりと波打つて行く肉体

誰だつて必死で詩を書いてゐるんだよ
さうだらうが　でもなあ　それは
言つてはならない一行じやないのか
詩はもつと無心なのだ　結果については

九月三日、前橋にて

激しい否定語の連らなりに
誰が耐へられようか
わたしの詩も　わたしといふ存在も
あはれにも批評の海の藻屑となつた

自分を棚に上げて闘はす
評判記の下馬評性に
いささか倦んで　鏡中のおのれを凝視すれば
まだすつかり老いたといつた風貌ではない

他者とは他者について　かくも
理解すまいとするのかとおどろくとき
空の向うから降りてくる幾人もの
仙女　仙人がゐるではないか
かれらはひとしく美型ではないが
かといつて武者小路の画いた
馬鈴薯だともいへないのだ

九月四日

行つたことのない場所の地名

行つたことのない場所の地名に惹かれる
こころつてなんだ
グアンタナモ
オンタリオ　アイダホ
みなO母音（オウ）で終りA母音とI母音が働く
イスタンブールつてのも　もう一つの
コンスタンチノーブルもいい
五音系と七音系のからみ
どのみち母語の側で調整した地名
人名にもこの傾きはあらう
但馬つてのも好き　どんな馬かつて思ふ

九月五日、くもりそして雨

千代田つて〇母音を挟んだ田で
辞令交付のあるといふ朝は
行つたことのない場所の地名を分類する朝

雨しぶく道

九月六日

雨しぶく皇居坂下門（さかしたもん）への道
儀礼について説明する式部官
空洞の中へすすむ一歩
つねに前任者のあとへ従（つ）いて

むろん自分の置かれた橋の上
についてすつかり知つてはゐない
あちらでは出る冷えたお茶
昼食のときのあたたかい茶

二人で組んで宮家（みやけ）を回る
蟬しぐれの中の木洩れ日の庭

待たされて　待つて知ることども

本居宣長論の断片を
先任者とかはす雑談の中
車は大きく転回して青山通りへ出た

過ぎ行く音

九月七日　台風九号通過

過ぎ去るといふ
来ようとして　やがて来たから
過ぎて　去つて行く
過ぎるとは来ることを含む

来る運命にあつた
そしてやはり来たのだ
朝来るか　昼来るか
それもわかつてゐた

来てそして過ぎたものは
今は現前になく　記憶の中に収まる
いつか記憶から取り出さるべく

過ぎ行く音が暁闇（げうあん）に鳴つてゐた
おだやかな秋の記憶の一つとなつて
その音は今はもう　ない

九月八日

対句集

天地（あめつち）、どうしても上下に
遠近は昨日と明日の対立だ
彼我のさかひには一角の犀が棲むつて
濃淡、菜汁（なじる）のやうに身近に
遅速は　つねに生まれては消える
明暗は　海陸を分かちて流れ
上下にははつきりと別称を与ふ
晴曇ヲ越エテ勇ムコト　多少
悲喜はこもごもに道をゆくにしても
哀歓のふかさに遂に及ばぬ

内と外、どちらかといへば内攻
老若は昔から相容れないにきまつてゐる
美醜なんて言はない　とは言はず
躁と鬱二つながら　粗密

九月九日

三人の女の児

ふり返つて眺めてゐるのは
地平でも天涯でもない場所　そこに
三人の女の児が立つてゐる

今までなんの気にもならなかつたのに
離れてきた速度は速かつたのに

ふりかへるといつも豆粒のやうに
九歳の女の児がこちらをみつめて立つてゐる

わたしは視線を感じて歩く
うしろからの視線を感じて生きる
このごろその感じが強くなつた

一生のあひだ　あの女の児たちの
遠い視線に貫かれて歩くのだらう
女の児は三人　並んでわたしとの距離を
ちぢめることなく　わたしを視線で貫いて立つ

九月十日

挨拶

挨拶するときの
体の動きは人からは見えるが
自分の意識には入らない
蔭のことば

すすんで歩み出て
なにか一言いへよ
それが挨拶になるかどうか
相手の顔に向けて

言ひ終つてから
歩みをかへしたり
佇立したり　汗を拭いたり

挨拶の次の段階への
もう一つの内心の
挨拶がある

九月十一日

家居（いへゐ）

かへつて情報の網戸の中にゐる
見下す道も　電線の彼方の空も

外である

行かなくてもいい場所としての外部
外によつて限られた内
といふより内は威張つてゐて

それだけで世界へ膨れあがる
うしろを通る家人の足音
ベランダへ出て行く気配
の中で眠つた

誰も知らない筈なのに指名される
指示されるままに書く
答へて大声をあげる電話口　斯くして
網の中の自由はしましま模様

部屋

九月十二日

部屋は開かれてゐて閉ぢてゐる
チェンバロの音のかすかな通ひ路であり
しのびやかに廊下をすぎる影の　時として
光の矢のさし込む空間でもある

つい光の矢といつたが　ことばの矢
だつたと思ひかへしてゐるのも部屋
だからだとひとりごとのやうに
こぼれるのも部屋の卓上の砂

チェンバロの一つの曲が終つて拍手が
しばらく壁を通して来て次の楽曲へ
わたつてゆく橋のやうに部屋が浮く

秋雨のしばらくは濡らしたベランダが
ぐるりと繞つて部屋を無理に限つてゐる
昼ちかい青い藻が浮いては漂ふ

驚怖について

九月十二日　その二

すべてが私から遠のいた
ある恐れにとらはれたとき
すべて私ではないやうに思へた
私は決してこの場所に居るわけはないのだ

ちがふ回路をたどりさへすれば
私の本当の中心部へ行けるだらう
私のまはりの花はいつはりだ

静かな四方から（本当に四方から？）
風がよせて来て　まはりの花を傾けてゐる
やうにみえるが虚像なのだ

せめてさう思ふことで保つてゐる
虚勢の中で　すべてが
私の周縁へと　遠ざかるのがみえる
それをさせてゐるのはあの高みから来る驚怖！

童謡

九月十三日　童謡（わざうた）。政変のあつた日

あれつ　やめた
うらやましいぜ
わかるしな　そりや
らら　らくだしな

あのよもこのよで
のぼりはくだり
ゆけばかへるさ
そらのとんぼも

つくえにえんぴつ
ほほにつゑつき
けしてはかいて

あしたはきのふ
たれがやめても
かんさうはない

西瓜について

九月十四日

つかの間の静穏（やすらぎ）といふ品種名が浮かんだ
不安の種子はちらばつてゐる
健康がやつとその種子を抑へてゐる

いつさわぎ立てるかわからぬ民衆（マッス）のやうな五臓
意外にもろい政治家のやうな脳髄（ブレイン）
大きな西瓜と小さな西瓜の
どつしりとした深緑を買つて来たきみは

いつたべるのか知らぬが
食べる場合にはそれなりの光景がひらけ
そこへ向けてことばがあつまるだらう

つかのまのやすらぎの種子に
いまさしあたり君臨せよ
濃緑の　つるりとした
秋の西瓜は

朗読会に出なかつた翌る朝の感想

九月十五日

修道僧が神の召命によつて生きる朝
こまやかな孫や曾孫の存在によつて生きる老人たちの朝
養はねば死ぬはらからのまん中に立つて働く男の朝
球が衝（つ）かれて惰性によつて走りつづけるやうな球体男の朝
いくつかの組織にくみこまれて義務のたすきを懸けられてゐる男のやむを得ない朝
さういふ男たちに朝餉（あさげ）昼餉（ひるげ）夕餉（ゆふげ）を供するためによろこんでかしぶしぶとかそれとも全く無意識にか起き出す女たちの朝
と書いてゐるうちに書かれた文字がこころに働きかけて来てどうにか立ち直つて来てゐる男の朝
やむを得ず生（な）つたのかもしれない暗緑の西瓜とのび続ける卓上ヤシの間で開封をまつ数十通に向かつてゐる男の朝
気力は体力から来るがその体力は運動から生まれるといふ　ても鮮かな真（まこと）をしぶしぶ信じはじめてゐる男の朝

朝刊をとりに行くにはパジャマを着かへてエレベータで
階下ふかく降りなければならないしくみのマンション五
階の部屋でもうどうでもよくなりながらさうでもない毎
日書く詩歌の一つを書いてゐるつもりの男の朝

十一月十二日

機会詩について

――あとがきに代へて

一八二三年九月十八日ゲーテは若き弟子エッカーマンに
「わが詩はすべて機会詩（ゲレーゲンハイツ・ゲディヒテ）である」とおごそかに言
ひ渡した　「君も目の前に来た日々の小さな機会をとら
へて直ぐにそれを歌ひたまへ」と

そこには大作『ファウスト』の真似をしたがる若者たち
へのいましめの匂ひがしないでもなかつた　「機会」と
は詩作のためにとつてある正規の時間（なんてものがも
しあればのことだが）以外の時を使つてとつさにつかむ
事象の角（つの）みたいなものなのだらう

私は睡眠と覚醒のあひだの短い時間を詩作に当てた　つ
まり睡眠↓詩作↓覚醒の順だ　睡眠はときに午睡でもあ
つたので

　鉛筆に濃淡のある昼寝覚（ひるねざめ）　（隆）
　机までよろめいて行く昼寝覚　（同）

といつた発句（ほく）が生れたのだつた
その時間は粗野にして胡乱（うろん）　全き（まつた）覚醒ののちに理性が支
配するうるはしき時の値には遠く及ばなかつたがそれな
りに野性味のある時間帯であつたのだ

きのふ私は新潟市の北東　福島潟の辺（へ）に一泊してあけぼ
のの大白鳥や大菱喰（おほひしくひ）の群の啼きながら渡るのを見たので
あつた

かれらもまた葦のあひだの浮寝から覚めたばかり　粗野
な時間をつかんであちらからもこちらからも群らがり翔（と）
んだのであつたが　その声はお世辞にもうつくしいとは
いへなかつたのだ

機会詩つてそんなものなのであらう

＊二〇〇七年八月はじめ岡野弘彦氏の後任として宮内庁御用掛となることが内定し、同九月一日辞令が出た。九月三日第十五回萩原朔太郎賞の選考委員会（於前橋市）に選考委員の一人として加はつた。九月十五日第四十五回藤村記念歴程賞受賞の通知があつた。この機会詩（おほむね十四行詩）は、八月十六日より九月十五日まで書き継がれた。

（『限られた時のための四十四の機会詩 他』二〇〇八年思潮社刊）

詩集〈注解する者〉全篇

側室の乳房について

「側室の乳房つかむまま切られたる妻の手あり　われは白米を磨ぐ」は米川千嘉子の創つた短歌であるが「松江十首」の中にあり「金色の草ラフカディオ・ハーン」の「奇談・因果ばなし」に由来するとあれば八雲立つ出雲八重垣、因果をたどつて「奇談」を読んだ。死を前にした或る大名の奥方が側室の雪子十九歳に嫉妬を燃やして雪子の乳房を摑む力。「さ、かうして！」と死すべき女は、ほとんど人間業とも思へぬ力をもつて雪子の肩にすがりついて立ち上がりながら言つた。ところが彼女は「まつすぐ立ち上がると、あつといふまに雪子の首筋から着物の下へ、細い手を両方さしこんで、娘の乳房をぐつとつかみ、いやらしい笑ひ声をたてた。」といふところまで読んで戦慄した。なぜなら奥方ははじめ「庭の桜の花を見たいからおまへの肩にすがつて立ち上がらせてくれ」と雪子を騙した上で桜花を乳房にすりかへたからであつた。ああ臨終の際の願ひは万朶のさくら花にはなく側室の二房（ふたふさ）の乳房（マンマ）にあつた……。

私は八雲を読みさしのままJR東海道線東京駅を降りた。横浜からの帰りのグリーン車で食べた弁当がらを捨てて降り立ちそのまま地下街のへアサロンへ行く。若い長身の理髪士に白髪を摘（つ）んで貰ひながら乳房を持たない性から見てそれを持つ性の二人が相争ふさまを思つてゐると青年はにこやかに話しかけながらここ数日此の詩を書くために（といふのは嘘だが）凝りに凝つた肩から背中にかけてその長い指でほぐして呉れるのだつたが鏡の中ではたしかに肩ごしにのばされた彼の手がいくたびとなく私の肉体を摑んだのであつた……。

私はそのあと豪壮なホテルのロビイで今夜の小宴のホスト役の人を待ちながら、やや暗めに設定された光の中で奥方と側室の葛藤の行方に目を走らせることになつた。すると奥方の「思ひがかなつた！」といふ叫びがきこえるではないか。「桜への思ひがかなつた――が、庭の桜ではない！　思ひがかなふまで死にきれなかつた。」といふや否や彼女は息を引きとつたとあり八雲の原注では桜の花はしばしば女の肉体美になぞらへられそれに反して桃の花は貞操の比喩だとあるが本当なのだらうか。今夜の小宴はホスト役の人が来て始まり私はふたたび八雲を読みさしのまま数種の洋酒の盃を前にして八雲について八雲の「日本人の微笑」といふ日本文化論について触れながら語つたのであるが無論それは傍系の話題で主題は遠い国からやつて来た慣習を私たち日本人の古い民族的儀礼といかにすり合はせたらいいのかといふ喫緊の課題にあり注がれる酒はことごとく和歌の形をとつて血を燃え上がらせるために消費されたといつてよくその和歌は時として若い女性の姿を借りて庭の桜花のやうに返り咲かうとしたのであつたが……。

私はその夜おそく新宿駅の西口あたりで送られて来た車から降りて地下道へ向かひ騒ぎ合ふ歳末の若者たちにぶつかりながら避けながら歩く老人としてやうやく中央線快速の一隅に座るやいなや三たび「因果ばなし」の頁を追つたのであつたが「侍女たちはただちに、側室雪子の肩から奥方の亡骸（なきがら）をかかへ上げて、床へ移さうとした。

ところが――不思議なことに――見たところなんでもないこのことができなかつた。」なぜなら奥方の亡骸の冷たい両の手が娘雪子の乳房にくつついて「生きた肉」と化してゐたからであつた。「雪子は、恐怖と苦痛のあまり気を失つた。」そして治療のために呼ばれたオランダ人の外科医は、雪子を助けるためには両手を死体から手首のところで切断する外はないと言ひその通りにしたのであつたが古い伝統の和歌の手のひらはそんなことで死に絶えることはない。黒くて硬いその手は毎夜丑の時が来ると「大きな灰色の蜘蛛のやうに」、若い外来種の詩の乳房を寅の刻まで「締めつけ責めさいなむのである。」とこの帰化したアイルランド人は語るのであつた。雪子が尼になつて奥方の供養をして歩く結末はどうでもよいやうに思はれ、私は深夜の三鷹駅頭でバスを待つた。この物語を外ならぬ短歌へと繋げながら「白米を磨」いだ米川千嘉子とは全く違ふ和歌への惨憺たる恋着を覚えた。和歌によつて永遠に摑み続けられる側室文化の若い二房の乳房（マンマ）について結局はなんの結論もまた解決法をも見出すことのできなかつた今夜の小宴を思つた。かくて手首から切られた手はいよいよ強く幻の桜花を摑み続けるのであつた。

＊『衝立の絵の乙女』米川千嘉子による。
＊＊『小泉八雲集』（上田和夫訳）による。仮名遣ひをかへた。

鼠年最初の注解（スコリア）

I

注解するものはテクストの従者であつて忠実にそれにより添はないと駄目。かと言つて独り語りは避けたい。質問の花を次々に咲かせてにぎやかであつた方がいい。今年はじめての注解の場は寒い雨の降る午（ひる）すぎの昔風の旅館の一室で障子の向かうのちよつとした庭の池にも雨は降りそそぎ藤棚がそれを黒々と覆ふのを見ながら話せといふことであつた。＊注解者の選んだ歌は

葦（あし）べ行く鴨（かも）の羽（は）がひに霜降りて寒き夕べは大和（やまと）し思ほ

ゆ　（万葉集巻一　志貴皇子（しきのみこ））

であつて「葦べ行く」はふつう飛ぶ鴨を思ひ画くらしいが冗談ではないぜ葦原をかき分けて泳ぐ一対の鴨を予想することなしに注解は完成しない。では翼の上に霜が降るのか。霜が降るほど寒いとメタフォア風にうけとるのはまだ浅い見解だらう。夕ぐれの鴨（複数）の「羽がひ」はうす光りして（ほら君眼前の夕景の藤の幹だつてさきほどまでの午後の光とはちがつて来たぢやないか）いかにも寒い。しかしかれらは番（つが）ひを組んで仲よささうぢやないか。それに比べて作者志貴皇子はひとりである。おのづから「大和」に残して来た妻を思はずにはをれない、といふところまで注解が進んだときヴィデオカメラのカメラマンの指示で照明が変り休憩に入つた。二人の質疑者が居た。一人は志貴皇子の人柄をどう思ひますかと言うんだが明解はある筈がない。皇子は技巧にすぐれた歌人であつたといふまでで天智帝の第四皇子でありながら天武帝の支配下に生きた逆境をこの歌から読みとるのは注解者の大きらひな作者偏重であらう。作者は難波へ旅して来て家郷を思つてゐる壮年の歌人といふところまででいいのぢやありませんか。それなら男の独り寝についてはどう思ひますかともう一人の質問者の声があがつたので、つまり男の淋しさを番（つが）ひの鳥たちに比べて歌ふのが一つのパターンなのでせうね。ヴィデオカメラは回つたり止んだりまた回つたり照明は右から顔へ来たり左から来たり、もう少し廊下側へ体を傾けて下さいよともとめられればさうしてその間も注解（スコリア）は止むことがない。鳥たちとの寓意譚なんですよ動物寓話といふか「桜田へ鶴（たづ）啼きわたる年魚市潟潮干（あゆちがたしほひ）にけらし鶴（たづ）啼きわたる」の高市黒人（たけちのくろひと）だつてさうぢやありませんか。今の愛知県熱田あたりを通りかかつた旅人がただ鶴の啼きながらとぶのに感動したわけではないでせう。鶴は家族を組んで飛び自分はひとりこの浜に立つてゐるといふところに歌の核があり志貴皇子の鴨とその点同じである。すべての動物は美しく緊密に描かれるが孤独ではないのに作者はひとりであると答へながらもう一度庭をみると黒松が立ち灯がともつて夜へ移らうとしてゐる。ヴィデオはいつのまにか止みかたはらの渋茶も冷えて注解者に与へられた時はしづかに消え去らうとしてゐるのであつたから注解する者は妻の待つ「大和」へ向けて退席するために傘を持ちオーバーコートを着て黒のハンチングをななめにかぶつてよろりと立ち上つた。

2

一九一二年は明治四十五年で子の年であつたが鼠にちなんで森鷗外が「鼠坂」を書いたのは明らかで注解する者は先づそこにこだはる。（注解する者の内側には反対鳥が一羽飼はれてゐて、この時も激しく異をとなへた（嘘だらう））。鷗外森林太郎陸軍省医務局長兼軍医総監は高位の官人としては当然ながらこの年一月一日年賀のため宮中に参内しそのあと東宮御所にも行つた。「日記」にみる鷗外の行為は明確だが心は見えなくしてある。注解する者は「乃木大将希典の家にて午餐に稗の飯を供せらる。米一升に先づ蒸したる稗の一合を加ふとなり。」といふ一節にもこだはる。なぜならこの年の九月乃木夫妻の明治大帝をあと追ひした自刃に大きな衝撃をうけた鷗外が直ちに「興津弥五衛門の遺書」を書いて作風を歴史ものへと大きく転回せしめたことを思ふからである。

（反対鳥啼く（いささか飛躍がひどすぎるぜ。小説「鼠坂」の注解からは遠いのではないか））「鼠坂」は日露戦役の裏話の一つで従軍したジャーナリストが軍の占領地で犯した性犯罪と殺人をとり扱つた犯罪小説であるが注解のむづかしい短篇でそれだけに注解する者のこころを刺激して来たといつてよくその書き出しは「小日向から音羽へ降りる鼠坂と云ふ坂がある。鼠でなくては上がり降りが出来ないと云ふ意味で附けた名ださうだ。（中略）ここからが坂だと思ふ辺まで来ると、突然勾配の強い、狭い、曲りくねつた小道になる。人力車に乗つて降りられないのは勿論、空車にして挽いて降りることも出来ない。車を降りて徒歩で降りることさへ、雨上がりなんぞにはむづかしい。鼠坂の名、眞に虚しからずである。」と落ち着いたものだ。実は鼠も坂もすべて寓意を持つことがつまり状況の比喩であることがあとで判つてくる仕掛けである。

鼠坂の上に戦争成金の建てた邸宅が完成し新築祝ひに二人の友人がよばれて酒宴があつた。戦争成金は満州の戦野まで酒を運んで軍に買はせて大儲けしたでつぷりした政商で今夕のホスト。客の一人は中国語の通訳あがりの中年男でもう一人が物語の主役の従軍記者である。（戦争は軍だけがやるものぢやないのさ。商人、ジャーナリスト、通訳その他が軍と一しよに動く。鷗外はそのことをよく知つてゐたのだらう。注解する者はこの物語の中の鼠坂上の邸宅の酒宴が二月十七日旧暦の除夜に設定されてゐたのを忘れてはいけない。それは従軍記者小川による現地人美少女強姦殺人事件から丁度七年後の日だつたからだ。）注解する者としてはパスカル張りの命名をされた商人深淵（ふかぶち）通訳あがり平山そして記者小川の三悪党が鷗外自身の分身でもあるのかという点に目を注がなければならないだらう。いや分身であるわけはないにせよ同じ戦争に軍医として参加した鷗外が『うた日記』（従軍歌集）や『妻への手紙』（妻しげに与へた戦地からの便りを多く含む）の外に戦争についての考へを寓意としてこの「鼠坂」にこめたに違ひないことを分析すべきだらう。たしかにその夜小川は深淵の邸の一室で少女の幻をみていはば呪ひ殺されてゐる。「小川はきやつと声を立てて、半分起した体を背後（うしろ）へ倒した。翌朝深淵の家へは医者が来たり、警部や巡査が来たりして、非常に雑沓（ざつたふ）した。夕方になつて、布団（ふとん）を被せた吊台が舁（か）き出された。」作品の結末と直接関はりがあるかどうか判断をためらふのだがこの年の一月五日「新年宴会のために参内」した鷗外は意外なアクシデントに遭遇した。「宴を開かるるに先だちて、岩佐純卒倒す。急に身辺に至れば、岡玄郷先づ在り。岡人工呼吸を行ふ。予これを助く。岩佐は遂に起たざりき。」知人でやはり官人の岩佐が脳卒中をおこしたのに岡医師と協力して救命しようとした鷗外はおそらく軍服のまま床にひざまづいて岩佐純に人工呼吸をほどこしたのだらう。注解する者はたまたまもと臨床経験の長かつた医師であるがその私でもこのやうな卒倒の場面に出会はしたことは一度だけである。鷗外といへども稀な体験だつたらう。「鼠坂」の脱稿はこの年の二月二十五日である。ある種の暗合があつたかに見える。

3

二〇〇八年一月一日注解者はもう一つの役目を持つため

宮中に参内して年賀の儀に参列した。今年は一九一二年より算へて十二支の八回り目の鼠年にあたりその間九十六年の歳月が経つてゐる。注解する者の生活は平板にしてアモルフであるが此処に儀式といふ型ある要請が重ねられることにより水あさぎ色の空を緑青（ろくしやう）のあざやかな宮殿の屋根がきつぱりと切りとるやうに非日常の域に一刻とはいへひたることができる。集つた官人たちの話題は時にインド洋上給油活動の中断とその再開に向けられたり歌会始に二人の中学生が選ばれたことに移つたりしたが六十余年の間この国には戦争がなく従つて軍に従ふ商人も軍属もゐなかつたことを注解者は深く思つたことである。

＊「日めくり万葉集」（ＮＨＫＢＳ）

川村二郎氏を悼む

川村二郎氏は旧制高校では敬意をこめて川村さんと呼ばれた
小柄で白絣の和服を着てわれわれ後輩どもの間へいきなりうしろから
手を出して一たん呉れた自筆原稿をさつととり上げた
寮誌編集側のわれわれは残念とうなだれたものだ
萩原朔太郎論だつたと記憶してゐるが本人はずつとあとで
いや泉鏡花論だつた
と言つたので耳を疑つたものだ
『月に吠える』を荒い戦後の空気の中で
評価してゐたのは戦後詩批判ぢやなかつたかと確信してゐる
「もちろん詩の世界では、古を慕つて今を嘆くといふのは、普遍的な表現の定式に属する。」（『ヘルダーリン詩集』解説）と
ちやんと本人も言つてをられる

川村さんのゐなくなつた世界の底辺で「あまりに早く運命の女神がわが夢を終らせぬように。」（ヘルダーリン）
などと呟くのは遅い！　あの時川村さんに貰つた原稿は死守すべきだつたのだ

校歌についての断想

寺山修司が三十六歳の時に都内の或る中学校のために書いた校歌を持つて注解する者の意見を訊ねて来た人があつた　むろんその学校の教師　話してゐると演劇好きだとわかるが此の人の年齢では「天井桟敷」もとうに終つてゐた筈　学校の建つてゐる土地の雰囲気にしては「校歌が暗すぎる」「何故だらう」と思つて偶然小さなきつかけから訊ねる気になつて来られたらしい　さう言はれれば「どんな荒れはてた土地にでも」とか「どんな暗い長い夜だつて」とか「どんな貧しい屋根にでも」とかいつた否定的イメージの言葉は校歌には余り使はれない　七〇年代の始め三島由紀夫の死と村上一郎の死に前後から挟まれた時代を背景に置けばわからなくはない表現ではあるがなどと考へ考へ話してゐるうちに自身もかつて書いたことのある中学校校歌や高校校歌を思ひ出して「校歌は歌詞じやない　曲ですよ作曲家次第」と口に出したしかし問題の寺山作詞の校歌は聴いたことはないのだベートーヴェンの第九のオオ・フロイデをイメージして作曲されたとはきいたもののそれ以上注解は進まなかつたとはいへ寺山修司はあへて校歌の常識に反して闇を通して光へ夜のあとに朝を冬を越えて春にといふメッセージを送りたかつたのかもしれないと考へ直した　明治以来有名または中位有名の詩歌人たちが経歴をみれば嫌ひぬき逃げ回つてゐた学校といふ〈場〉に校歌を捧げてゐるのはどうしてなのだらう一種の罪ほろぼしかとも思ふがもう少し根は深さうだ宮澤賢治が自身奉職してゐた花巻農学校のために書いた「精神歌」などは学校秀才の賢治の学校への信と愛が貫かれてゐるともいへるがそれでも「四、日ハ君臨シ　カガヤキノ／太陽系ハ　マヒルナリ／ケハシキタビノ　ナカニシテ／ワレラヒカリノミチヲフム」とちやんと旅の険しさを言つてゐるのであ

つた

鷗外「鼠坂」補注

「鼠坂」は話し手の鷗外の話の中に入れ子型に政商深淵の話が入つてゐてジャーナリスト小川の犯罪はすべて深淵の酒席譚であるといふあたりに仕掛けがある。小川は中国東北部の僻村の寒空の下で排便中に空家の筈の民家におこるかすかな物音をききつける。「まさか鼠ではあるまい」と思ふところで鼠が出てくるが小川がその空家探検に出てつみあげた瓦の間の細い道を抜けるあたりも鼠の通路でそこに声もなくうづくまる美少女を見出して難なく犯してしまふ。一体排便中は星空だけの満州でなくても感覚は冴えるもの後年斎藤茂吉が高野山で排尿中に仏法僧の声を捉へたことなどを引き合ひに出すのは不謹慎といはねばならないが深淵の描写は酒の上の暴露話としては精妙すぎて政商の悪意さへ感じさせる。ところで小川は後の罰を怖れて少女を扼殺したのだとすれば軍には軍紀があつたのだらうしそこまで深淵に打ち明けてゐたとすると小川には小川の計算があつたに違ひない。鷗外といふ話し手は「」の中の深淵が話し終つたあとを継いで話し初め深酔ひをした小川を二階の寝室へと追ひ上げる。そこに口角から血を垂らした少女の死霊が待つてゐた次第。しかしこの罰はその罪と釣り合ふのかはすべて注解者にまかせられてゐる。昔注解者が地方の大学街に住んでゐたころ高名な考証学者N先生が教へを垂れておつしやるには「註釈とか註記註解などと言扁はいらんのだ。注解とは水を注いで土をやはらかく解くことを言ふのでサンズイ扁が正しいのだ。」とすればもう少しこの物語にも水をたつぷり注ぐのがよく話法についても鷗外訳シュニッツラア作「アンドレアス・タアマイエルが遺書」とそれに倣つたといはれる「興津弥五衛門の遺書」の主人公一人の「遺書」だけによる一人語りの分析からどこまで全ての物語を注解できるかといふあたりまで爛爛と目を放つ必要がある。

ウィトゲンシュタインと蕗の薹

I

注解者はその時故寺山修司の『月蝕書簡』の刊行されて月になる直前の闇に複写された紙片を脇挟みながら四谷駅麴町口の群衆の歩みを見てゐた　まだ午後四時をいくらもすぎてはゐない　修司の草稿の「霧の中に犀一匹を見失い一行の詩を得て帰るなり」にはあきたらず「犀」はいつそ見失つたままに詩から消えた方がよかつたと思つて犀と詩を天秤にかけてみたりしてゐると宮家から宮務官の運転する白色のワゴン車が犀のやうに現はれて注解する者を載せると勢ひよく紀之国坂を外堀に沿つて駈け出し弁慶橋の手前で反転して逆さまに坂をのぼり左折して豊川稲荷へは達しないまま宮邸の門をくぐつて玄関先で静かに首を垂れる可憐な犀なのであった　注解する者はその首を撫でながら広い玄関の右側の柱にしつらへた呼鈴を押して待つた　まことに「世界とはその場に起ることのすべてである」（ルートヴィヒ・ウィトゲンシュタイン、『論理哲学論考』略して『論考』または『トラクタトゥス』）だとすれば注解者にとつてこの午後おこつた「すべて」が「世界」となつて押しよせるのであるがL・W（ウィトゲンシュタインはやや長目の名をこのやうに略されるのを好まなかつたかどうかフルネームではかれはルートヴィヒ・ヨーゼフ・ヨーハン・ウィトゲンシュタインと言ふのだが）はその友バートランド・ラッセルの家の扉をラッセルが目を覚まして玄関にあらはれるまで四時間にわたつて叩き続けたといはれてをりその時の扉の固さに思ひを遣るばかりかL・Wの右手の拳の損傷度に心いたむばかりであるがわたしの右手は人指し指のほんの一押しで鈴を鳴らしたにすぎない　そして「世界は事実Tatsacheの総体であつて事物Dingの総体ではない」といふ『論考』の念押し命題の通り呼鈴がここでは「世界」を形成するのではない　注解者はこの日新宿住友ビル七階の教室でざつと四十人近い受講者歌人たちの新作一首一首に注を加へて春の日の午さがりをすごしたのであつたが「春の日の夕かたまけてわが夫は我を煮てをり炉の火の上で」（一部注解者による補修がある）といふ一首を提示して判断を迫つた一女人があつた　一瞬カニバリズムの歌かと喜悦し　連想は「大森貝塚」にわれわれの先史時代の祖先の人肉食のあかしを探しあてたエドワード・シルヴェスター・モースや東北は近世の大飢饉に際して幼児の肉を犠牲にした農民を記載した菅江真澄にまで及んだのであつたがそれは注解者のしばしば陥る悪しき深読みに外ならず実は愛情の極まるところ妻の肉をその一切の属性と共にどろどろに融かしてまでつまりそのレヴィ＝ストロースのいはゆる「料理の三角形」にあてはめるなら煮るとは水を加へて肉を充分に消化できるまで注解しつくすことに同じなのであつてそれは注解者の否夫たる者の愛欲のふかさをとことん開陳した表現だつたのかと講座の終つたあとに気付いた　ウィトゲンシュタインことＬ・Ｗも「事実の総体つていふけどね、その場に起こつたことだけじやないんだぜ、事実とはその場に起こらないすべてのことを想定内にいれて成り立つてるのさ」（『論考』１・12）とうそぶいてゐるのであつてかの女人が本当にその夕べ鍋の中で（焼かれるのでもなく煙で燻（いぶ）されるのでもなく）水を加へて煮込まれたのかそれともさういふことは「起こらなかつた」といふ形で妻の想念のうちには「起こつた」のであつたらうかといつたことはともかく「世界は事実に分解され」「諸事態が成立する」（Ｌ・Ｗ）といふときの「諸事態」の中では次に注解しなければならない妃殿下の和歌が注解する者の前に静かに拡げられて一瞬のうちに注解を迫られたのである

2

妃殿下はいつも庭を背にしてソファに腰かけてをられわたしは妃殿下のうしろに広い枯芝の園とその向うの小高い常緑の林を見つつご進講申しあげるのは三十分に満たぬ

春の勅題は「暖か」だつたり「群れ」だつたりするが歌の中の名詞を動詞化したり助辞を変へたりして「事態」を動揺させるのが注解者で時に妃殿下は異見を提出される

広い芝生の向かうを三頭の異様な動物が右
から左へ通過して行く　あれは夢ですかTatsache（タートザッヘ）ですかとお訊ねするとマーラよと
仰せられる　南米原産ネズミ科の飼育獣

春の歌のご進講が終つて蕗の薹（たう）摘みのお供
をする芝生を横切つて斜面へ出ると枯葉の
あひだから数限りなく若やいだ緑の「事
実」が出てゐて「世界」が一気に春めいた

枯葉を払ひ土を掘つて蕗の薹のむしろ太々
とした手ざはりの彼方へ妃殿下の指がのば
されたとき三頭のマーラがすぐ近くまで駈
け寄つて来てさつと遠退くのがわかつた

*『月蝕書簡』（岩波書店）は刊行前の本文コピイによる。『論理哲学論考』は山元一郎・飯田隆・野矢茂樹各氏の訳文を勝手にアレンジさせていただいた。

熊野（ゆや）

隣町の桜並木は一かたまりの雲のやうだとの噂
通りに面したマクドナルドの窓から
フライド・ポテトの端でケチャップを掬つて食べながら
の
お花見をしないかと誘つてみた
〈プリンセスの意向にとまどふ御用掛（ごようがかり）〉なんて噂の花が
桜にまじつてちらほら咲き始めてゐるつていふ午（ひる）すぎに
無理矢理連れ出されて清水寺（せいすいじ）の山桜を見にゆく熊野（ゆや）
ほどのあはれさはどのみち僕（やつがれ）どもにはありはせぬが
二階さじきから打ち眺める玉三郎の熊野も　いま現前に
雲のむらがりの中から一枝一枝（ひとえだひとえだ）をきは立たせる染井吉野
も
村雨に打たれて一さし舞ひ出でむとする気配
「馴（な）れし東（あづま）の花」の行方を思ひやりながらも哀惜する

「都の春」
ふるさとに病む母へのまなざしと好いた男への愛のあひだで
枝と幹みたいに引き裂かれるマゾヒスム

〈ゆさゆさと桜もてくる月夜哉（かな）〉つて古句にもある通り
暴力をふるつて花を折るのが桜狩（さくらがり）の古式だつたのであり
仁左衛門演ずる平宗盛はにくにくしい力の象徴（シムボル）つてわけだ

男と女のあいだの仲介（メディウム）さくら木（ぎ）の
太くて黒い幹の根元ちかくに咲いてゐる小さな花たちを見つけて
注解する者とその妻は思はずそこへしやがみ込んでしまつた

＊「熊野」は歌舞伎座四月公演の一つ。
＊〈ゆさゆさと桜もてくる月夜哉〉は鈴木道彦（一七五七―一八一九）の作。「朧月夜に大きな桜の枝を肩にかついでくる男がある。花見帰りの酔狂のしわざであらう」云々。
＊宮内庁御用掛は注解する者のもう一つの仕事。

オネーギン　付薔薇の騎士

辞（や）めるといふ進退のとり方がありそのとき後任の人事といふうるさ型がつきまとふ。（むろん辞めたあとの生き方が問はれるのでもあるが）あかつきに起きて正岡子規の絶筆につき思ひめぐらす時、死も辞め方の一つだ、「ホトトギス」は虚子によつて継がれたと思ひ至り常任指揮者の退任についての噂には後任候補の投げ合ふ鉤やら花輪やらがとび違ふ。

その日雨は寒い春を演出し、変電所の火災は中央線の運行を寸断してオペラ「エフゲーニー・オネーギン」への道を多彩にした。タチアーナの詠唱は注解者の胸にいく分かは昔の嫉妬の炎の（苦しかつたなあ）ときを思ひ出させてゐるが、「ねえさうなのあのタチアーナ役の人も急な代役だつていふぢやない？」

先任の少女は色恋の上での前任者。その男を引き受けるふりをして身を引いたつてこともよくあることだ。たとへば「薔薇の騎士」のナイトのやうに好色の男爵をだし抜いて後任の席にすわるつて役回りもあるわけだが、所詮うまく入れ替るつてのはこの世ではむづかしいのだ。前登志夫氏が腹水の中に鮠を泳がせながら急逝されてもその代役はなく、たとへあつても親友レンスキーを決闘で殺したオネーギンのやうに意気消沈してしまふ方がむしろユニヴァーサル。

誰も先行する人の「穴」は埋められはしないつていふときの「穴」。そこには左足をはまり込ませる力があり下肢の骨の骨膜に微細なひびを入らせてしまふ。とすればうかつに「穴」は埋めない方がいい、土以外では。

バロンつて人のすつきりした上背にはをさをさ劣らないとしても、去つて行くタチアーナの声により添ふわけにはまいらぬのが後任をうかがふオネーギンの辛いところ、「死だ！」なんて叫びながら階段をのぼつて行くかれのうしろで幕は下りた。

「それで骨膜の損傷はいつごろ完治するつてことですか」と幕間の会話のつづきをやりながら上野駅パンダ橋のたもとの小料理屋で穴子の一本揚げを注文し、事のついでに後任人事について思ひを深めたりして。

後任つてのは恋が死へ行くぐらゐ怖ろしいつて言ふが、思へば戦争つてのもたくさんの主役や正指揮者を殺して戦争のあとに無数の代役を立てる大きな穴ぼこだつたんだ。哲学者ウィトゲンシュタインの愛人ディヴィド・H・ピンセントは第一次大戦によつて殺されルートヴィヒは生き残つた、それも激烈な戦闘に耐へて。このときこの陸軍少尉のバッグは後の『論考』のためのノートで一杯だつた。

だからこそ哲学史を一変させるやうな本が出来たつていふが、塹壕の中つて、もしかして前の時代の主役があとのそれと入れかはる場所。

ナチの捕虜収容所もシベリアのラーゲリもさうだ。そして焼夷弾の火に頰を焼かれながらでも生き残つた〈注解をする者〉の世代には運命愛の名のもと代役のそのまた代役をつとめながら過ぎた六十幾年があつたともいへるのだ。

「死だ！」と叫ぶかどうかは別問題。今もしづかに By the Book（かたのごとく）交替劇はひそかな照明の裡に進むんだし、といひながらまた辞めるつて決意が決意なんていへるやうな鋭利さでは再び呼び出されて来ないのはなぜだ。「オネーギン」だつて「薔薇の騎士」だつてみな若い人の物語、ウィトゲンシュタインの『論考』は二十九歳で完成しかれはその後いくつもの職に就いてはそれを辞めて第二のウィトゲンシュタインに変身した。しかし老いのあとにはもはや「死」の外に後継人が居ないといふのも事実なのである。

*「エフゲーニー・オネーギン」は「東京オペラの森二〇〇八」のリハーサルの日の所見。

百年の後

「向う岸に菜を洗ひゐし人去りて妊婦と気づく百年の後」（前登志夫）を五行に分けて板書してゐると教室のあちらこちらで笑ひ声が起きるので耳ざはりだと思ひながらとはいつても「百年の後」の結びの四文字を書くまでは失笑はされなかつたのだから此の五音四文字が人々の意識の歩みをつまづかせたに違ひなくさりとてここで振り向いて注解をするのもあざといやうでむろん「妊婦」つていふのがかつて妊婦だつたことのある聴き手たちを刺激したのにはこちらが「思想」の外は懐妊したことのないジェンダーであつてみれば（二三のわかりやすくまた周知の前例をあげる気にもならないほど）重い性差のひびきが笑ひにはこもつてをりさう思つて改めて読み直してみれば「向う岸」も或いはそこいらの野川の向う岸ではなく対岸のかすむ大河かも知れず見えもしない「菜」の青さも大儀さうにかすかに膨れた腹部を両脚の力で回転させつつ遠ざかる女の姿も実は見えないものを見てゐるのかも知れず「自分をあざむかないといふほどむづかしいことはない。」（ウィトゲンシュタイン）と呟く結果になるのではありはせぬかなど思ひ直してやうやくのこと教室に並みゐる異性たちに立ち向かつた注解者の心根はあはれといふも愚かであつた帰つて来て注解者の打ち開いた「周知の前例」の一つは思ひもかけない記憶の変形をうけてあらわれたのであつてそれは「動作」と名づけられたジュール・シュペルヴィエルの「馬」であつたが「ひよいと後を向いたあの馬は／かつてまだ誰も見た事のないものを見た／次いで彼はユウカリの木蔭で／また牧草を食ひ続けた」堀口大學訳で一読した人は当然「馬がその時見たもの」を忘れることはないであらう「それは彼より二萬世紀も以前／丁度この時刻に、他の或る馬が／急に後を向いた時／見たものだつた。」のでありそれは今後未来永劫に「人間も、馬も、魚も、鳥も、虫も、誰も／二度とふたたび見ることの出来ないものだつた。」と何故この詩人は断定することができたのだらうかといふ点についてさへ少年の日にこれを読んで驚嘆して以来今まで注解を加へることもなく過ぎたために「二萬世紀も以前」といふ時間の規定をこともあらうに「百年の後」と並べて全く方向も時の長さも混同して覚えてゐたのではあつた

二百万年といふ時を距てて二頭の馬に「ひよいと後を向」かせることが詩の骨子で「まだ誰も見た事のないもの」を見るためには実は牧草地の馬でなければならず再び同じ「もの」を見るのは長い時の経過をへたあとの同じ牧草地のもう一頭の馬だけに選ばれた運命であり見たあとで何食はぬ顔で草を食べつづけたとしてもその残像はかれを詩の中に焼きつけるほどに強烈な「もの」であつたに違ひない

前登志夫が見た川の向かうの女は一見してなんでもない家婦のやうに見えたのであつたが見るものの意識の底になにか重い錘鉛をおろしたのであつて妊むことのないしかし妊ませることはありうる性の奥にその女の残像は洗ひ終へた菜の青さと共に長く残つたと見てよく「百年」ほど経つたらその真相は明らかになるべく「私が対象を捉へるとき、私はまたそれが事態のうちに現れる全可能性をも捉へる」（L・W）といふ力強い断定をたよりに考へれば女は妊婦である可能性を除外されることなく前登志夫の或る日の意識の中を通過したと覚しい　してみると「百年の後」とは八十二年の天寿を終へた歌人の「事態」の只中で「妊婦」はまだ可能性のうちに留まつてをり五十年前そのことを歌のかたちで予言し得たとは

なんたる詩語のあやかしであらう
板書を終へて「ひよいと後(うしろ)を向いた」注解者の眼には失
笑のあとの恥ぢらひを満面にうかべた人々のごくありふ
れた景色だけがぼんやりと見えてゐたのも幸ひといふべ
きで次の話題へそそくさと移行することによつてひよつ
としたら見られたかも知れぬ「誰も見た事のないもの」
は見ることなく過ぎたのであつた

リハーサル

夕ぐれ宮殿に続く庁舎の一室を訪れる
隣国の大官胡氏を迎へて行なはれた晩餐会から二日
迎賓の苦渋はなほ重くよどんではゐるが
とはいへ官人たちの面にはやうやく安らぎの色が漂ふ
注解する者は〈オネーギン〉のタチアーナ役以来あとを
　引く
後任人事について低い声で話さなければならない　うす
　墨いろの
夕景にふさはしいといへばいへる話題ではあるが
（誰の後任かつて　それは言はない）
ユーラシア大陸に強国が生まれて島国と相対(あひたい)したことは
ヨーロッパでも東アジアでも古来算へ切れないほどあつ
た
高官たちは互恵のためまた脅(おびや)かしのために行き交ひ
晩餐会は外交の場となつて栄えた
「晩餐会つてリハーサルやるんですか」
「もちろん　その時リハにおける代役は官人がつとめる
　としても　さて」
皇帝(エムペラー)とその御后(おきさき)の役は無理に立てない慣ひ
（外国の賓客夫妻は誰かがやつてみせる）
ナポレオンとジョセフィーヌはどうだつたんだらう
ハプスブルグ家の宮殿では誰がリハーサルを予行したの
　であらう

日銀総裁とその代行がありうるみたいに
本番とリハの間にはかすかなへだたりの水が光つたであ
らう

本命だつた筈のタチアーナ役の歌手は
ロシア語の発音にやや難があつて役を下りて
代役の少女の声しか知らない聴衆われらは
惜しみなくブラボオを連呼した

「しかし宮廷晩餐会のリハはそれとは違ふだろ」
「そりやさう　本番ではリハの官人は皆消えるが演習通
りの歩速で主賓もそれを迎へる人も
歩む　まれに立ち話のハプニングが長引いて音楽が先に
終ることになつても
外交の儀礼に一点のさし支へもありはせぬ」

窓の向かうはまつくらになつた帰りの刻
「隣国の大人（たいじん）は今ごろ奈良でご先祖さまのもたらした仏
像を見てゐる頃でしよ」
件んの人事の件はほとんど決まり
この方はリハ抜きで本番が始まることになりさうだ

『おくのほそ道』（安東次男）注解

わたし注解する者は注解と注釈の違ひについて多少気にしないではないが「解」も「釈」も溶解することだらうと思つてをり、たとへば安東次男が芭蕉の創作『おくのほそ道』を「句まじりの紀行文として読むのと」「俳諧の一躰として読むのと」では全くちがつてくるので『ほそ道』を連句のやうに読むなら「細糸を縒合（よりあは）せて綱にする」ためには、注釈といふ方法以外ないのだよと言ひ放つてゐる、その態度は安次（あんつぐ）さん（わたしは金子兜太の会で一度お目にかかつたことがあるだけだつたが）流火艸堂主人として若年のみぎり物された「てつせんのほか蔓ものを愛さずに」に既にその好尚や意志はおよそ鮮かにみてとれるのである。それにしても「注釈」はテクストを溶解するのではなくどうやらテクストにひそむ糸をより合はせて綱にすることらしいとすればわたし即ち「注解」するものの指の動きとは違ふ。安東さんは『ほそ道』のテクストとして一応「素竜清書本」を用ひたが現在用ひられてゐる本には編者つまり芭蕉以外の人が勝手に「任意の改行」をしたところがあるのは面白くない、自分は紀行文を読むのではない、これを俳諧の一種として読むので改行を元の形にもどして置いたというのであつた。『おくのほそ道』（古典を読む2、岩波書店、一九八三年刊）の「あとがき」には、その一つの例として「市振」から「那古の浦」にわたる章節を挙げてゐるのがおもしろいのである。なぜなら『ほそ道』の中で唯一女つまり新潟の遊女が出て来る場面がそこなのでそれは連句俳諧にすれば恋の座をここに比定できるからだ。むろん言ふまでもなく芭蕉のすぐれた創作なのであつて（話を急いでも仕方がない）原文を現代風に飜してみる。

「今日は親しらず子しらず、犬もどり、駒返しなどといはれて怖れられてゐる日本海の渚添ひの道、北国一の難所を越えて疲れはててしまつた。（といふのも何しろ山が海に迫つてゐて、波が引いてゐる間に急いで渚の道を通りぬけ波が寄せてくる時は岩かげにかくれて波をさける、そのやうにして通過する外ないところなのだ。同行した曾良の日記には「早川ニテ翁（芭蕉）ツマヅカレテ衣類濡（ヌレル）。川原暫（シバラク）干ス。」とあつて四十六歳の芭蕉がころんで衣類を濡らしたとありむろんそんなことは『ほそ道』には書いてないが北国一の難所でもさまざまなエピソードがあつたであらう。）さて疲れはてた芭蕉は眠らうとしたのであるが、その宿の一間へだてた玄関側に若い女の二人ばかりの声がきこえた。そこへ年老いた男の声も交へて話をするのを聞けばどうやら「越後の国新潟の遊女」一行らしい。（隣室とはいへ話はつつぬけである。それは宿の構造によるので、その点、芭蕉たちが奥羽山脈の奥まつた村に泊つた時などは「蚤虱（のみしらみ）馬の尿（しと）する枕もと」といふ吟詠にものこるやうに、枕もとで馬の排尿の音さへしたが、間違へてはいけない。これはボロ家だつたわけでなく豪雪地帯特有の家屋構造で豪農の家には母屋の隣りに馬部屋があつたのだが、芭蕉の虚構癖はこれを利用して一夜の宿のあはれさを演出した。）さて、その夜芭蕉は遊女たちの身上話を盗みぎきしながら寝た。

そして翌朝になつて伊勢参宮にこれから出かけるべく行方をあやぶむ遊女二人が、せめて僧形のあなた方のあとを見えがくれにでもついて行かせて下さい、そして仏のめぐみを私共にもお与え下さいといふのであつたが、それはできません、人の行く通りについておいでなさい、きつと伊勢の神様が守つて下さいませうと言ひ捨てて出たが哀れの思ひはおしとどめがたかつた。」

というところまで散文で来て、

一家に遊女もねたり萩と月

となるのだ。以下芭蕉の原文によれば、

「曾良にかたれば書とどめ侍る（注、この一行が曲ものである！）。くろべ四十八が瀬とかや、数しらぬ川をわたりて、那古と云浦に出。担籠の藤浪は春ならずとも、初秋の哀とふべきものをと人に尋れば、是より五里、いそ伝ひしてむかふの山陰にいり、蜑の苫ぶきかすかなれば、蘆の一夜の宿かすものあるまじと、いひをどされてかゞの国に入。

わせの香や分入右は有磯海」

となつてゐるわけだ。この章が俳諧の恋の座にあたるとすれば女が出て来ただけでは駄目。遊女と僧形二人との一夜のかかはりがほのかに暗示されてゐなければならない。それでなくては翌朝涙と共に同行をせがむ二人をにべもなくことわるといふ一場面の深さは出て来ないだらう。だから無情な仕打ちをした芭蕉は、歌枕を尋ねるべく担籠の場所をきいたとき土地の衆にぴしやりと断わられる場面をもつて来てバランスをとつた。なかなかのレトリツクではないか。安東説で腑に落ちないのは「萩と月」の解で「同宿して、偶いつしよに眺める羽目になつた庭前景と考へればよい」だつて。ううむさうかなあ。「遊女」は単に遊芸を売る女ではないのは言ふまでもない。安東さんはさらに言ふ、「遊女の方は、萩に月は似合と思つて同意をもとめるが、僧形の俳諧師は、首を縦に振らぬといふところに滑稽がある。」と。これならいささか納得がいく。芭蕉の翌朝のすげない別れは、つまり前夜の遊女との交渉の反響だつたとうけとれるからだ。

さうだ、言ひ落すところだつた、安東次男が『ほそ道』の多くの版本が勝手に「改行」してゐることに不満を抱いた旨さきに言つたが、「一家に遊女もねたり萩と月」のあとのところに「曾良にかたれば書とどめ侍る。」と来て、そのあとの所がそれだ。普通の版本はここで一区切りとして改行する。紀行文としてはここで区切るのが順当だ。しかし俳諧として、つまり散文詩として眺めるなら、「曾良に話したら曾良の日誌に書きつけてくれましたよ」から「黒部四十八が瀬とか言ふ数しらぬ川をわたつて那古へ出た。」といふくだりへは直ぐに続けるべきなのだ。飛躍があつた方が、川はわたり易い。「注釈」だと力説しながら安東の筆は詩に近づく。実は『ほそ道』本文からわざと削除したと思はれる無季の句に

海に降雨や恋しき浮身宿（『藻塩袋』）

があることを安東さんは強調してゐる。「浮身」とはなにか。「越前・越後地方の遊女の一種。旅商人などの滞在中、相手となつた女の称。」（『広辞苑』）である。他の文献ではさらに細かく「越前越後の海辺にて布綿等の旅商人逗留の中、女をまうけ衣の洗ひ濯ぎなどさせて、ただ夫婦のごとし。一月妻といふ類ひ也。此家を浮身宿といふ也」といつてゐる。芭蕉が『ほそ道』の旅中、新潟に泊つたのは七月二日で雨はあがつてゐた。とすると新潟つぽい感じの句「海に降雨や恋しき浮身宿」は、あとから出来た句だらう。「実際に海に降る雨を眺めながらの吟ではなく、想像句であらうか。大工源七なる者の母親から浮身の哀れ深い話を聞かされて、出来た句であつたかも知れぬ。」（安東）
安東さんのは実にやはらかい注釈なのだよ。「海に降る雨」から「どこか日照雨のやうな明るさと、一種の静かに浸み透つてゆく快さ」を感じとつてゐるのだからね。「旅商人は、長雨で足留めをくひながら、かへつて女に情が移つてゆく自分を感じてゐる。芭蕉は浮身宿の心をさう読んだの」であり安東さんもさう読んだのである。
すると、『ほそ道』推敲の二年半のあひだに芭蕉が消し

てしまつた「海に降雨や恋しき浮身宿」はいつのまにか時と所をわづかに変へて「一家に遊女もねたり萩と月」にメタモルフォーシスをおこした。「曾良にかたれば書とどめ侍る」とわざわざ念を押してゐるのに、実は「曾良旅日記」には一言も「書とどめ」られてゐない。芭蕉がころんで衣類を濡らしたことは書いてあるのに、である。随行する曾良の日誌の存在を知らなかつた筈はない芭蕉が「曾良にかたれば書とどめ侍る」とはなんたる滑稽、なんたる挨拶であらうとも思ふが、この一行をはさんで「一家に遊女もねたり萩と月」と「くろべ四十八が瀬」から「わせの香や分入右は有磯海」にいたる韻律ある文章が相対峙してゐるのは壮観である。「韻文として構想されながら、中途でたつた一箇所、韻律を狂はされたところのある複合文こそ、あり得べき最高に美しい散文を生み出す」（ヴァルター・ベンヤミン）の「散文」を散文詩とよみかへながら、注解者は、すぐれた注釈者にみちびかれて来た『ほそ道』の旅をここで一たんとどめて、「蘆の一夜の宿」をさがすことにしたい。いや此の注解「海へ出ぬ川かもしれず草紅葉」（流火）つてところかもしれないとは覚悟しているのだが。

教授と「おくのほそ道」異聞

I

早速ですが教授　あなたのおつしやるところによれば江戸は元禄のころ稲の品種改良がすすみ早場米が市場に出回るやうになつたと米は古来の自家消費物のつましさを脱却　売れる品目にまでのし上がつた　といふわけでわたしたちの皮下にうつすらと脂肪がたまるやうにはじめはうつすらと次第にむくつけく農民層の皮下に財がたくはへられ（マルクス主義風の文言はわれわれ世代の痣ともいへる）いはば階級の裂け目ひび割れによつて貧困農人と富農がこの細長い列島のいたるところに　まるでしろがねの水脈の海面を分けるやうに拒てられて行くつてわけでさ　いや昨日の話の続き例の芭蕉の「おくのほそ道」新潟の遊女と別れたあとの名句〈わせの香や分

入右は有磯海〉の早稲つていふのも教授のおつしやる品種改良の末に中稲晩稲のなかへ分け入つて商品化された早場米にちがひない　市場に前年の米の備蓄が夕月のやうにうすれる頃高値を予想して作られた新品種だとすれば芭蕉翁が「わせの香」を嗅ぎつけた鼻の背後には社会経済化された禾本科植物のかをりがふんだんに漂つてゐた　農民富裕層のよろこばしき階級性をかぎとつてゐたといふわけですな　北国は秋が早い米どころ越中の早稲田だよといふ風土性の強調だけでは読みが浅いとおつしやりたい　注解する者はそこまでは深読みしませんしそれより音韻が気になります　ローマン・ヤーコブソン流に言つて母音三角形のa　わせのかやわけいるみぎはありそうみ　のわかやわはあ　が五・七・五のすべての句の頭に来てゐること　その間の鋭いi母音いぎりみが対立する構造しかも子音三角形における軟口蓋閉鎖音Kが「香」といふ意味の上の焦点つまり芭蕉の鼻粘膜の上に貼りつく　お判りかなお判りではあるまい　近世農業経済がご専門の教授の旧著今なほ芳香を発してやまない行間にわたくし注解者連れの落書きをさせていただいたまでのこと

2

世には落書きをしたくなるやうな僧院の壁があり首をへし折りたくなるやうな花たとへばアガパンサスの紫の集合花序もあるのを義歯の型どりをしてもらつたあとの散歩帰りにさきほども見て来たのでしたが……

3

ところで教授　あなたが昔媒酌して下さつてあなたの門下の経済学徒と結ばれたわたしの妹が亡くなつてから四年目の夏が来ようとしてゐます　あの時はをかしかつたまだ若かつたわたしはあなたの目白あたりでしたつけお宅へ押しかけて行きこの（わが妹の）結婚は急いぢやいけないと異をとなへたのをお勝手で聞きながら思はず笑ひ声を立ててをられた奥様のことを憶ひ出します　妹はあれから四十数年生きて最後は自死でしたがこの結末は教授のあの折のおはからひともまた晩年の妹をほとんど知らなかつた七歳上のこの兄とも直接関はりはございま

すまい　それに教授　あなたももう何年か前にこの世を去つてをられる　偶然あなたの旧著の欄外に落書きをしてゐるうちに亡き妹がぼんやりと行間から立ちあらはれたにすぎません確かに若いころ旧制高校のわたしの友人がまだ中学生だつた妹と恋仲になつたときわたしは激怒して友情を捨て妹の聖性を守らうとしましたし父の意を体して教授の家の扉を叩いたときもまた妹の結婚披露宴の間中私語し続けて叔母たちの顰蹙を買つたのも本当ですが美少女だつた幼少期を除けば聖処女乙女座のカスピだつたことはありませんでしたたしかに兄と妹の間には微妙な雲の流れがあり宮澤賢治と妹トシの場合のやうに文学的に生産性の高い事例もありますがわたしの場合はそれとは比ぶべくもなく相手が天空の銀河とすればわたしのはそこいらの二級河川ぐらゐごく地上的に平板でしたもつとも野の川の穂草のなびきも決してわるくはありませんがね　妹はジェーン・オースティンを専攻したあとルーマニアの革命文学の飜訳に転じ大使館に勤めたりしてチャウセスク派の抗争にまき込まれたりしましたからこの移り気な兄よりふかいところでマルクス・レーニンの徒だつた筈しかしかういふ噂もむかしむかしの聖処女像とは一向に矛盾するところはなかつたそれにわたしは「美しい詩だと一生を思つてみる藁灰（わらばひ）になつたあとでも麦だ」といふ挽歌一首をすでに妹に捧げてゐます（さうかあの歌の「麦」は〈穂麦を持つ聖処女マリア〉をいくらかはイメージしてゐたのかな）自死の状況ですかわたしには判りません加齢による鬱の果てに戸をあけてこの世の外へと飛び去つたのではありますまいかなにしろ藁灰ですから

4

ところで教授　元禄の話に戻りますが「おくのほそ道」による落書きの続きですけれどもね　越後出雲崎の吟とされてゐる「荒海や佐渡によこたふあまの川」といふ七夕の句がありますも　芭蕉自身「ほそ道」とは別の俳文「銀河ノ序」で佐渡が島のことを「むべ此島はこがねおほく出（いで）て、あまねく世の宝となれば、限りなき目出度島（たき）にて侍る」と言つてゐます　教授によると元禄のころにもなると農民の年貢率が年々下降幕府財政を圧迫しつつありまた有数の金産出を誇つた佐渡はただの目出度（めでたき）島だつたわけではなく後に新井白石が嘆いたやうに生糸を始め輸入ばかりで輸出のない片貿易の結果旺盛に国外へ流出する金や銀の現実こそ荒海の上に身を横たへる銀河つてわけでもあつた「横たふ」の語法に漢文訓読法から来た慣用をみたりする「一種の再帰的絶対動詞の語法を兼ねてゐる」（安東次男）といつた文法論議も今は棚に上げませうまた「あらうみ」「あまのがは」の頭韻に顕著な母韻子韻分析も止めて置きます　貿易赤字説の方が佐渡の流人を脱出させるための小舟をわたす隠喩（よこたはる天の河）といふうがち（安東による）よりもずつとおもしろくおもしろうてやがて悲しいほどなのです　さて教授　芭蕉を金沢で待つてゐたのは俳人小杉一笑の前年の冬の死の知らせだつた　「塚も動け我泣（わがなく）声は秋の風」「あか〳〵と日は難面（つれなく）もあきの風」「むざんやな甲（かぶと）の下のきり〴〵す」といつた弔句挽歌がぞくぞく出て来て再び妹の死を憶ひ出させました　と言つた時注解する者のうちにひそむ疑ひ鳥が啼いた　教授つて誰なんだ実在したのかしたのなら名を告げよつてね　もしも教授が注解する者による虚構ならば君よ同じやうにあの妹もはじめから非在だつたといふことになるんぢやないか知ら

夏日断想集

1　「賀茂川の対岸をつまづきながらやつてくる君の遠い右手に触りたかつた」といふ歌を若い女性歌人が提出したとき「雷雲が圧迫してやまないためなのだろう特別にまた来日（らいじつ）のない憂愁の中に居たことであつた」と私も同じ座の文芸に参加して苦しげに歌つた「来日」といふ漢語が嫌はれて入点した数はその女流が四私は零だ「つまづく」より躓くの方がいいのになあ「汝をして躓かしむる力は汝をして立ち上がらしむる力なり」（チマブエ）

2　「猫のことを猫と呼ばなくなつてゐる」と修辞学者が言ふことは判る人名が猫を規定するつてことだなにによ濃い直接の言ひ方は避けられる「名前はまだない」つてのが本当なのであるそんな消し方のために消しゴムの屑といつたら机上の鼠の大群だ一日中消しゴムの屑を

作つて否鼠を生産しながら過ぎた消されてはかすかに怒る文字たちはそれでも残つた文字を羨むことも恨むこともない「さびしくはないか味方に囲まれて」（佐藤みさ子）

3　「細部」とは魅力のある言葉だが多分ＳＡＩＢＵの母音配列が効いてゐるためだらうと昔の教師が言つてゐた細部つて微細な部分といふ定義では不満で花ならば蜜房の香りつてところだ西欧では神のまします場所東洋ではそこに汗くさい人を置く　路傍の花を見てゐるうちにバスがやつて来た行先のちがふバスのうしろにかくれるやうに行先の正しいバスがやつて来て蜜房探しは終る「一羽の小さい青い蝶が風に吹かれて」（ヘッセ）花の上を飛ぶ

4　「一行なき一日はない」（プリニウス）はヴァルター・ベンヤミン平出隆を経て来た思想でしかし「戦争」つてことばぢや無い死者のない一日は無い「多くの言語では時間の表示が動詞の形式いはゆる時制（テンス）によつて言ひ表はされるドイツ語で動詞は時間語（ツァイトボルト）」つて言ふのださうだが「驚くかおどろくべきか風の向（むた）この部屋に死ぬ無数の胞子」といふ場合「驚く」も「おどろくべき」も時間を直接に表示してゐないのは日本語では助動詞が時の王だからだ

5　京都寺町通りの夏至をすぎた曇り日の下を歩いた注解する者の妻はいきいきと歩き注解する者は奈良の古寺をいくつか回つた足を引きずりながらうつむいて歩いた「義務はひとつ、それは幸福になること——自分自身のために」（ジャン・グルニエ）すると妻は突然「ちよつと待つて」と言つて通りを北へ引き返し始めたので「いいよ」と言つて同行した（「京都」とか「寺町」とかコンセプトに捕はれて歩くのは愚であるが注解する者は愚者なのであつた）妻が竹細工店に入つて印判を作らせてゐるあひだ注解する者は偶然その向かひにあつた古書店をひやかしながら汗を収めようと思つたのに店頭に高々と積まれた二百円均一の本の山の頂上に堀内通孝（みちたか）歌集『丘陵』（八雲書林昭和十六年刊）があつた「買つて下さいよ」と本は言つて居たこの著者は父の友人で斎藤茂吉門下の四天王と呼ばれたうちの一人とはいへこの本は昔読んで手放した一冊だつたから買ふいはれはなかつたそれでも妻を待つてゐる時間をその本とその本の著者への追憶で消したかつたからだらう暗い店の奥の老主人の前に置いて買つた堀内通孝は四天王でも広目天かな多聞天かな昨日観た法隆寺金堂の四体になぞらへれば大銀行の都内支店長を勤め最後は理由のわからない自死だつた霊南坂教会の葬儀には父の代理で行き先輩歌人たち（四天王のうちの二人も居た）の固くて冷たい表情に驚いたのだつたと回想するうちに向かひの店から晴れやかに妻が出て来た

6　丼の字はどんぶりであるが丼（せい）と訓（よ）み井げたの囲む「、」は青く澄んだ水を表象するときけばわれわれの象形文字は「命題は現実の像である。」（ウィトゲンシュタイン）の真理を主として表音文字しか知らない哲学者よりも察することができる「文字丼（せい）の井げたのかこむ蒼き水それに口づけし若きころあはれ」とも歌ふことができるし丼（どんぶり）をSEIとよむときあちらこちらの深井や浅井に汲んだ水が思われしかし現実にはここデパートの八階レストランで丼の青い水にうかぶカツを食べてゐる要するに味覚のいちじるしい衰へを知識で補はうといふ魂胆だ漢字の訓に淫してはならないとは一つのいましめ「心酔したあとでその酔ひからさめることが必要である。」（オスカー・ワイルド）結局は丼といふ出題には答へることが出来ないまま去つた寂しいよなあ老いるつてことは

7　不意に来るめまひはコピイ機の前で不意に来るねむけは部屋の中である　遠い日の会合の記録が出て来た子規記念博物館の講堂だ　前こごみの姿勢のまま話した記憶を記録の上にはりつけて暫く坐つてゐた　窓を明けて風を入れたが何も書くことはない　と書いてゐるうちに今日果すべき数箇の命題がうかんで来た　とはいへさはつてはならない領域がありさはらないことによつて保証されるもう一つの流域がある　他国の大地震や他国の紛争によつていけにへにされる詩や思想があるのだかどうだか冷房のうんと効いた部屋で他国から来た肉やくだものを食べて笑（ゑら）ぐ隣りの国の住人にはわかりつこないといふ注解も充分ありうるところだ

注解する宣長

原典はあくまで主人であるがその注解は必ずしも従者だとはきまつてゐないことがたとへば本居宣長つて人の『古事記伝』を『古事記』への注解として読むといふときに和銅五年七一二年の正月に生まれた主君に対してははるかな後世である十八世紀も中葉天明初年三十五歳の少壮学徒宣長にして小児科開業医が伊勢の国松阪のあの鈴の屋の随意取りはずしのできる階段の上の書斎でといふことは階(きざはし)を引き上げることによつてさきほどまで薬箱をさげて患家を回つてゐた俗世間からきつぱりと手を切つて一筋に千年前の古代王朝の記録に対して注解する者として仕(つか)へまつることになりさうだが宣長ぐらゐの注解の達人にしていささか妖怪じみた存在になると話は違つてくるのであつて（といつても例をそれも適切な実例をあげなきや誰もうんとは言ひはしない！）そこで宣長が三十五年の長期にわたる仕事といつたつてかれのひそかな愉悦だつたともかんぐられもするのだがその後期六十歳にならうとする寛政元年のころ筆を走らせてゐた『古事記伝』二十六之巻景行天皇記つまりもうもうたる神話の霧の中のヤマトタケルといふキャラに目をやつて宣長先輩の注解者ぶりを調べてみるとこれがまことにすさまじいのであつた

「此天皇(このすめらみこと)（景行帝のこと）は針間之伊那毘能大郎女(はりまのいなびのおほいらつめ)（にみ合ひまして、結婚して）生ませる御子櫛角別王(みこくしつのわけのみこ)次に大碓命(おほうすのみこと)小碓命(をうすのみこと)亦(また)の名は倭男具那(やまとをぐなのみこと)。」といふ原典本文に対して注解する文章の長いこと細かいことあるいは日本書紀その他と比較考証し時には師の賀茂真淵の説くところを「師の説はあやまりであつた」などと鋭くとがめる現代の注釈本にはある枚数制限が宣長にはないといふのがまことに自由で爽やか次から次へと屈託のない空想は拡がつてゆくままに注解も書き加へられていく

大碓命小碓命は双生児(ツインズ)その母は二人を次々に産みおとすために苦しみ父である帝(みかど)はそのあまりの異様さに碓(からうす)に向かつて叫び声を放つたと伝へられ碓とは柄臼(からうす)であり穀物を白(しら)げつき砕いて粉にする農具であるといふ解説から始めてかれは和名抄や万葉集の宇須(うす)の例歌まで引きさらに「どうして父王は碓をののしつたのだらうか」と自問し

「碓には所以ありし事なるべし（なんか理由があったのだらう）」とだけ口惜しげに答へてゐたそれでも三河国の猿投神社には「碓を忌む」（宗教上の禁忌とする）習俗があるその神社は景行帝を祀るといひあるいは大碓命を祀るといふがそれが大碓小碓命名と関はりあるやも知れないと付記してゐる現代の注釈本は難産の妻の回りに夫が臼を背負つて歩き回り妻を励ます民俗風習の存在をこのくだりにそつと書き加へたりするが当然臼と杵は男女両性の性器の喩としてユニバーサルであつてみれば産室をめぐつて踊りよろめく男の背や肩に重い臼が載つてゐてもをかしくはないなどと一言この注解する者も小声でつけ加へたくなることほどさやうに宣長の注解の筆は微細である周知のやうに小碓は兄である大碓を殺害しその荒ら荒らしい所業によつて父王から九州の熊曾征伐に追ひやられるのであるがさういふおもしろいドラマ的展開の速度に対して宣長は同調しない人名地名時間等の記載について長い長い注解をこころみるかと言つて文章は明確で律動に富むから読んで飽くことはないが原典はつねに遠ざけられ目的地はどこことも知れないほど注解の小道わき道に怖るることなくむしろたのしげに分け入る小碓命が大碓命を殺す場面で「朝曙に厠に入りし時、待ち捕へて搤み批ぎて、その枝を引き闕きて薦に裹みて投げ棄てつ。とまをしき」（岩波文庫による。『古事記伝』は漢字文に宣長だけが正しいとする訓をルビとして加へてゐる）といふ高名な箇所がある小碓は厠で相手を待つたのはなぜだトイレへ入るときは武具を脱いで無防備になるからだと宣長は答へ「これは厠に自分も入つて兄の来るのを待つたのではあるまい兄の入つたのをたしかめて自分も入つたのだらう」とか枝とは四肢だが特に上肢つまり手でありそれを上体から引きさいて薦でくるんで捨てたといふが「実は手をもいで捨てたとしたつて必ずしも人間といふものは死ぬとはきまつてないんだよ」などと一言付け加へるのが小児科医でもあるものの真骨頂だらうそういへば熊曾征伐の時熊曾タケルの兄に対しては「衣の衿を取りて、劒もちてその胸より刺し通し」たのだから心臓に達して即死だつたらうが弟熊曾タケルの場合「その背皮を取りて、劒を尻より刺し通したまひき」とあり相手が苦しい息の下からなにか言ふのを聞いてや

つたあとの「熟瓜の如振り折ちて殺したまひき」といふ
凄惨なシーンについて注解しつつ宣長は眉ひとつ動かす
ことのないまま冷静に筆をすすめ「尻」から刺すとき
「背皮」をつかむといふのは合理的でないこれは衣の背
を摑んだのだらうとか劔は下腹部（小腹）に達しただけ
だから即死ではないまた熟れた瓜のやうにばらばらにし
てしまつたとは云々であり然じかであると詳細な考察を
加へて飽きない一体原典の数十倍もある注解つてなんな
のだらうその主人を弑するとまでは言はぬまでも主人を
超克し超越した異物怪物のたぐひではないかと思はれて
背筋が寒い

建の妻

一つの恋を喪ふことはもう一つの別の状況を獲得する
ことである
一人の媛を捨てることはもう一人の困難を抱へ込むこと
に他ならぬ

熱田の美夜受比売と帰路の再会を約束した建の一行には
弟橘比売がゐてもう一つの苦境のたねにはならなかつた
か
弟橘比売は焼津の原の火中に立つて「さねさし相武の小
野に
燃ゆる火」のやうな愛を賛へたが嫉妬の火ではなかつた
かそれは
それかあらぬか比売は海神の嫁となつて建のもとを去つ
た
男女のあたらしい困難に耐へる場所としてこの人は海を
選んだのだ
散文を捨てたときに散文から棄てられ詩を獲ては詩に苛
まれる
プロオズとポエムなんて呼んでも無駄なにしろ韻が揃は
ない
帰り路で再会した美夜受比売には草を薙ぐ散文の劔を与
へた

まあつるぎを抱いて寝よと言つたんだらうそして死の待つ伊服岐（いぶき）へ

つるぎを捨て詩の国へ逐はれたかれの胸の中に降ることばのしぶき
東国を捨てて大和を得能煩野（のぼの）といふ野を棄て白鳥の天を獲た

自叙伝を書く原つぱ

自叙伝を書くといふので幼年のころの原つぱまででかけた
原つぱには思ひ出といふ魔ものや妖怪がいつぱい
わたしの着ものの裾にからんだり脛に嚙みついたりした
やめろ君たち　俺はうしろ向きが嫌ひだ過去はつねに前方にある

とはいへ原つぱには母親みたいな蝶もゐて昔と同じにおしやれだつた
「天よりもかがやくものは蝶の翅*」つて歌つて見送つてゐると
父そつくりの牛がゆつくり草を食みながら仕事の算段をしてゐた
「牛の眼の繫（つな）がれて見る秋の暮*」つて唄もきこえたりした

わたしは母の蝶にも似てゐないが父なる牛の勤勉からも遠い
ちやうど今　母の死んだ齢と父の亡くなつた年歯のまん中へんにさしかかつてゐて
父と母に　くらくて寂しい影をおとしてゐる
一本の桂の木　つてところであらうか
自叙伝はどこへ行つてしまつたのかつていぶかしむ声には答へよう
原つぱのすみのその桂の木の蔭にわざと置き忘れて来てしまつたのだと

*山口誓子の句

身ごもる少年

ある朝庭のモチの木にまたがつて朝食のあとの歯をせせつてゐたあの悪魔のやうには神は注解する者のもとを音づれて来なかつた　受験に失敗したり離婚しそこなつたりしたあとの無力感非力の思ひうつろな充溢のときにマリアやその年老いた従姉のエリザベトを音づれたやうに〈身籠る〉といふ形をとつて迅速に気づかないやうに神はやつて来た（かれは男の性をもつてすらりとかたはらに立つのである）

「ユダヤの王ヘロデの時にアビアの班なる祭司ザカリアの妻の名をエリサベツと云　エリサベツ妊なきが故に彼等に子なし又二人とも年老ぬ　主の使者香壇の右に立ちてザカリアに現れしかばザカリア之を見て驚懼る　天使かれに言ひけるはザカリアよ懼るる勿れ爾の祈禱すでに聞たまへり爾の妻エリサベツ男子を生ん其名をヨハネと名くべし」といふ重々しい文体によつて注解するのがいいのかそれとも「彼は決して葡萄酒や強い酒を飲まない。そのかはりに母の胎内からすでに聖霊に満たされ、それに酔つてゐる」といふ塚本虎二訳に従ふべきなのか「その後、妻エリザベトは身ごもつて五か月の間身を隠してゐた。そしてかう言つた、〈主は今こそかうしてわたしに目を留め、人々の間からわたしの恥を取り去つてくださいました〉」（新共同訳）を選ぶべきなのか　原典はギリシヤ語で書かれてどの日本語訳も異本でありバージョンにすぎないとすればふかくこだはるには及ばない　直ちにたとへばジャン＝リュック・ナンシーのやうにエリザベトを『訪問』するマリアのいづれおとらぬふくらみ切つた腹部と腹部とが至近距離にまで近づきながらつひに接触せずにもかかはらず絵画としては画かれることのない二人の胎児エリザベトの場合は洗礼者ヨハネ、マリアでは受難の生涯を予定されたイエスがそのふくらんだ母の腹の中でよろこび踊つたといふ静の中の動外部の裡なる内奥を直感すべきなのだらう一体この聖霊を介してくる神の妊娠させる力とは実はそこに容赦のない性の所在をテキストのはじめから誇示してゐるという点で旧き約束の旧約から新しき契約の新約までを貫く神の生理学ともいへるので　注解する者があの日名古屋市東郊のひつじ草の咲く池のほとりで不意に神の襲撃をうけてよろめいたのも　ドイツ十三世紀の神秘家マイスター・エックハルトの注解するやうに「エリザベスに時が満ちた」といふ文言に近くすなはち「神の最高の意志は生むこと」にあり「神が神の子をわたしたちの内に生むまでは神は決して満足しないのである」から、ポントルモの画きとどめたマリアとエリザベツはおのおのおそるべき神の子をはらんで侍女二人とともに輪舞してゐたと見ていいのであつてしてみるとあの春の丘のべにねそべつてひつじ草の花を見下してゐた受験生、つまり少年のときの注解する者の〈胎内〉にもしづかに神の精液が注がれようとしてゐたのであつた

牛と共に年を越える

鷗外全集を奥へ移し植ゑたりやうやく出来た自分の本を平積みにしたり本林勝夫（斎藤茂吉研究の先達）の死を悼んだり新旧二鉢のポインセチアをベランダから部屋へ入れたり出したりする妻を見たり見なかつたりする織物みたいな水みたいな複数の時間それを透視したりしなかつたりしながら新しい年をよび込まうとしてゐた　朝の『万葉集』の中で桜田へ向かつて渡る田鶴の群がとびめぐりすこし眠さうな顔をした注解する者の「あれは家族もちの鳥、それを眺める黒人（くろひと）の寂しさ」なんて呟く斜めの容貌の暗さが映し出されて妻と一しよに批評しながら観てゐると年の瀬はいよいよ激流となつてそれを渡らうとする脚を包んだ　越年といふのは万葉人のいはゆる朝川で妹（いも）の家で目ざめた男が暗い空にきしみ鳴く朝鴉に送られて行く途中で渡らねばならない朝の川　まはりにはかしましい人の噂が一ぱいなのさそこでまあ丑年にちなんで黄牛（あめうし）を曳いてわたるのかそれともその背に乗つて行くかといへば注解者は身分相応に徒渡（かちわた）るのがいいのぢや

ないのか　インドではニルヴァーナへ向かつて輪廻転生するため何と何と悪魔から牛まで出世するのに八十六回人間になるにはさらに一回の転生が必要つていふぢやないか牛の食用を憲法で禁止してゐるヒンドゥー教の人々ほどではないがたとへば斎藤茂吉にとつて「しづかなる午後の日ざかりを行きし牛」と歌ひ出して「坂のなかばを今しあゆめる」と結ぶわけだし「塩おひてひむがしの山こゆる牛」と労働をたたへるべく牛はあり「まだ幾ほども行かざるを見し」と結んでその働きぶりに自分の歩みを重ねてゐるのを読めば注解する者さへ蕭然と襟を正して牛と共に越年のための朝川を渡るのであつて黄牛だらうと黒牛だらうとかれの聖性の背に乗るなどとは思ひもよらないわけだしかれら聖なる獣類は『梁塵秘抄』の昔より荷を負うてか素裸でか海だつて渡るんだからそのうるんだ瞳で越年の（と念を押すが）朝川を渡る人間の寂しい努力を見やつてくれるのではあるまいか　インドでは世界一の数の約一億八千万頭のボス・インディクス種の牛が八千万頭の野牛と共にのびのびと都市や田舎の道をうろつき回りその間あひだには急進する情報産業のエンジニアまたはその予備軍の少年少女が深く眠つては清らかに目覚めてゐるといふのに　昔は荷を負つた牛が坂の途中に行きなづんだこの国では少年のころのペットの非業の死を遠くまで引きずつたあげく人をあやめて留置されて越年する青年がゐる　そんなあかつきの冷気に耐へながら木下杢太郎全集を鷗外全集の蔭に置かうかどうか迷ひつつたとへばヴィルヘルム・ハンマースホイのなにもなくて妻だけのゐる室内の絵にいたく感動して帰つて来たもののまだ越年には数日かかるのだ

私室

人が死ぬが　そんなに大声はたてない
友が亡失してもわづかにうめくだけだ
退いて野にかくれたと聞くが悲しまぬ
感情は草むらのやうに戦ぐが苦でない
ブーバーの謂ふ女子の私室の小嵐だよ

口語では係助詞が消えたやうに思へた
主語に続く「が」「は」に残つたとは
大野晋の説であつて信じてもよからう
人と人は係助詞の差異を失つた代りに
「が」といふ厭な響の助詞を得たのだ

生き方を変えるわけでもないのに風が
不思議な吹き方をしたのは変るための
吹かれるための樹の仕業かその高い空
から歌が降り冬の雨が零り光が退いた

年賀

わたしはホテルの裏玄関からハイヤーに乗り皇居の西御(にしご)門(もん)を目指した　車の窓の外では妻の少し心配さうな笑顔がわたしを送つてゐる　モーニングの裾を払つて座りながら多くの顔見知りの高官たちにまじつて「宮中年賀」に招かれてゐる由来について考へることはなく礼装の着心地わるさについて思ふ　空は快晴である　御門には青年宮務官(きゆうむかん)が待ちうけてゐて「階段は美貌なれどもわたくしと目合はすことを避けかかるなり」（大滝和子）そつくりの美しい階段が絨緞をひきかむつてわたしを導かうとして強いて目を合はすのを避けたがつてゐるのを横目でみながら老いを意識したうつむき歩きになる定刻には充分間に合つてゐるから控へ室はまだ無人でわたしは日露戦争の海戦を画いたタブロオの壁の中の戦艦に目をやり外庭の陽光の高い緑青の鴟尾を輝かすのを眺めて階段の「美貌」ぶりと冬の前庭の光燿を結んだり解いたり依然として緊張のなかに座つてゐると一人また一人と高官たちがあつまつて来た　礼服は「モーニングまたはそれに類するもの」と指定された文字がうつすらと頭をかすめて過ぎる　燕尾服の人がちらりほらりと目立つて来た「濃いか、薄いか、の判断をせねばならない、あなたの寡黙な姉のために。」（建畠晢）モーニングでいいのだが燕尾服はあり得ないのか「判断」は姉のためではなくわたしの場合知らぬ昔のわたしのためにある「四、五人が国歌うたわぬスタジアム」（江里昭彦）の側に居た閲歴が消えるわけでないし「起立しない　この低気圧臭いから」（昭彦）といつた心理にも通暁しながら今は美貌の階段を踏んで朝日さす一月一日の宮殿内控へ室に居て燕尾服の知人の白い襟元をみてゐる「やあ、モーニングでいいんですよ　ただこれは日本独特の風習かも知れない　燕尾服は勲章をつけるのがきまりであれは重いから避けたがるつてのもある」といつた会話にいつか同調して「裏切りもきれいに響く冬深し」（大高翔）つてほどには裏切りもせず「冬川原とぎれとぎれに嘘をつく」（翔）つてほどには自意識が冴えてはゐない注解する者の一分派である「わたくし」は「咄嗟というほどの技ではないが、しかし速やかに手を伸ばす。そこに、ささやかで、しかも正確な糸口はある。」（哲）といはれた通りの糸口をつかんで立ちあがる　係り官の誘導するままに二十人ほどの高官たちにまじつて別の絨緞を踏んで両陛下に年賀を申し上げるため長官のあとに従つて晴ればれとした顔を曲り角ごとにゆらめかせながら歩いて行つた「元日やゆくへもしれぬ風の音」（渡辺水巴）はこのやうな深い場所に居てもわたしの耳をゆるがしたのである

注解する者からの挨拶

ホセ・カレーラスの「ミサ・クリオージャ」が響いてゐる部屋を出たり入つたりして二つの書棚から文献をとらうとしてゐるのは　このごろ注解する者の関心の一筋が鷗外の翻訳小説「アンドレアス・タアマイエルが遺書」にかかつてゐるからで　そのあひだにレオナルド・ダ・ヴィンチの「受胎告知」を分析する長い長い美術史家の冊子に目をやつたりもするし新国誠一のビジュアル・ポエジイがらみで外山滋比古の『修辞的残像』――大きな影響をうけたなあ五十年も前だ詩歌の韻律について書いたとき――をよみ直すんだ（もうカレーラスは終つてヴェロニカ・ジャンスの美声がベルリオーズを唄つてゐる）みんな君がいつだつたか贈つてくれたCDさ　昨夜は近くの文化会館でパイプオルガンのコンサートがあつてね　知らないオランダ人のバッハを聴いた　君の仲間の夭折したKがある音楽出版社からぼくの歌文集を出してくれるというんで「オルゲル（パイプオルガンの異称）氏についてのフーガ風の断想」つてオルガンといふ

未知未見の楽器へのオマージュを書いたのは君も知つてる通りさ　八〇年代といふのは日本のあちこちに除々にオルゲル氏が住みついて行つた年代だつたんだ　あの楽器の中でも最大級の一見冷めたい感触の壮大な音響の源それでゐて奏く人はつねに後ろから見られ手と足がはねるやうに動く諧謔味のある行動とはおよそ不似合ひな神への祈りの曲が高低を交互させながら襲つて来る　昨夜もその通りだつた　さうだそれが「アンドレアス・タアマイエルが遺書」とどう関はるのかつて問ひは注解する者には痛いよ　鷗外にはまだかすかな臭気を残して心の深部が焦げてゐるんだな　わたしはこれを書きながらヴェロニカ・ジャンスのあとをリヒター指揮の「マタイ受難曲」へつないでながら書きをしてゐるが「注解する者」といふ仮面を脱ぐまぎはになつても難問は山積さそして注解すべき対象はつねに複数でありそのどれもが底辺で同じ紐をにぎつてゐるたとへば「受胎告知」にも「受難曲」にも「タアマイエルが遺書」にも受胎といふ性の現実があり受難から死へ行く男の物語があるではないか　といひながら鷗外がこのシュニッツラアの掌篇を最初に訳して載せた雑誌「明星」明治四十一年一月号をかたはらに置いて見てゐるあたりでどうやら時間が幸か不幸か切れてしまつた鷗外にとつて明治四十一年は弟が死に息子の不律が夭折する年だつたのだがね　またの機会にこのあとの話はしようではないか　いただいたまままだ聴いてないCDも何枚か残つてゐることでもあるしね　ではその時まで（高校生風に）アウフ・ヴィーダー・ゼーエン！

（『注解する者』二〇〇九年思潮社刊）

第一信――スワン湖辺を過ぎつつ

37年8月23日発

八月になったら旅に出るよ、といったら、クォヴァディス・ドミネときいた友人がいた。ぼくがでかけるのだから、どのみち詩歌の国へゆくことになる。前から定型の河を溯行したいとおもっていたが、たまたま今度ぼくの本に賞金をくれる団体があらわれたので、それをそっくり旅費にあてることにした。

＊

かりにいま、七・八・九という任意の音数律の定型詩を仮定してみた場合、こういう詩型に対しても定型意識をもつことができるものであろうか。これは、いまあらためて一・二時間実験してみて確認したが、定型たりえないことがあきらかである。せいぜい五・七・五の俳句のリズムの破調になる位がおちである。これには理由がいくつか考えられるが、今は略する。

＊

武器なき口惜しさ

●これは隔週木曜日にわたしが送る旅便りです。木曜便りと名付けた所以。●わたしは34才です。終戦の時17才でした。あれから17年たちましたので、今まで生きて来た時間の中点に敗戦があった。生涯の半ばが戦争期であったのだから、いわば戦半派（但し今年の）です。これに因んで、八月十六日（木）創刊のハガキ誌を出そうとおもったが、一週間おくれました。しかも、ごらんのごとく、まだ旅立ち直後でろくな見聞もない。●しかし、ともかく歩き出したのです。失敗も難破も墜落もすべて報告するところに旅便りの面白さはあろうとおもっています。●どうか返事を下さい。旅中、行方不明にならないようならきっとわたしの手許にとどくでしょう。このごろわたしは、こういう少数者相手の私的伝達（マス・コミに対していう）を信じ、これを開拓する必要を痛感するのです。●まずはごきげんよう。一人旅かって？　勿論ですよ。

武器なき清しさ

といえば、これは八・八のリズムである。あるいは、日本語の特性からいえば、四・四・四・四のリズムともいえよう。

武器なき口惜しさ
武器なき清しさ
またたくま、西日に灼かれたり
わがバスは

こう書くと、八・八・五・九・五の新詩型ともみえるが、これは実は破調の短歌で五・七・五・七・七のリズムを意識して書いたものである。この歌の原作は、

武器なき口惜しさかの日も今日も折れ曲るバスに読みつつよみがえるかな

であった。

第二信——薔薇病院の午後

37年8月30日発

＊七音のためのエチュード《刃》

○

気管支を断ちて光を反したる見ゆ

●23日号に対して返信をくれた十人の友人たちよ、ありがとう。実は先号に書いたように隔週刊の予定だったんだが、隔週毎週ということにとらわれないで短信することにした。あるいはノスタルジアつよきが故かも知れません。●長くつづ

病む肺をひらく迅さの肩ごしに見ゆ
群衆の傍観に似てつらきそのとき
助手の掌にかえりくる刃のあわく浊れる
……淡くくもれる

→

群衆の傍観に似て辛きとき
病む肺ひらくメスの迅さよ

○

「連絡」に来し少年をしばし待たせ
椅子の背に　黒シャツを干す
老いし刺客は
朝夕に芝に水撒き　バラに水まき
刃をもちて心はやれば芝ぞ濡れたる
バラしたたりぬ

■五・七・七・五・七・七・(七)のリズムを意識して書いてみた。ひょっとすると七・八・九の人工的音数律で書くことも可能かも知れない。＊短歌研究九月号を見る。保守派の人材難は進歩派以上とみえる。不幸な青年が一人犠牲然と受賞している。

けよ、とはげましてもらったが、旅費の関係もあって、大体年末には帰国し旅信を閉じたいとおもっています。むろん、シンドバッドほどでなくとも、ガリバー位の回数は旅行をかさねてみたいとかんがえますが、第一回の小旅行の試みですから、この便りは、その試みのあらわれとして、約五十人にあてて出しているにすぎません。●では又、お元気で。

第三信——右翼海岸にて

37年9月6日発

臓器刀　机より片よせながら国変えし刃(は)をおもう　ときめき

いましがたたぎってた湯の　面(おもて)まだくらくさわ立ち　くろがねのたぎちのなごり　さやさや。のぞき込む顔もさやぐに　おそれず　その底より拾う　両刃の　オルガン・メサア。きらきらと熱きを持てば　かがみなす蒼きかざせば　想い出さるる、壇上へ飛ぶ少年の顔立ちの　ぼうと狂える　しかすがにくらきかがやき。

〈この顔の向うにぼくらの未来がある?〉

〈このかがやきの向うでぼくらの杉がそびえ栗が撓っている?〉

否を否!

一瞬西日に灼かれわがバスは行く、バスさえ甲い行く日を恋えば

この問をわがものとして幾年か　武器絶つすがしさ武器なき口惜しさ

●月の第一木曜故、記念の花(切手)を添えた。この夏、スワン湖辺で得た詩想をたどり、黒シャツの老人とその伝令少年につきまとわれながら、この海岸まで来たが、そろそろこの詩想を一たん見捨てて、アブストレー谿谷を遡行してみたいと思っています。名だたる難路だから一、二週消息をたつかも知れない。●多くの友人から忠告とはげましをうけて嬉しく、又いささか慌ててもいる。どうか気楽に旅をさせて下さい。切手代寄附の申出、ヒッチハイクのすすめ、ローカル線各駅下車のすすめ等ありがとう。●短歌研究の老人たちの合評会で「未来末流」などといわれた河野愛子(千葉市弁天町二九六)にアドヴァイスをどうぞ。●この欄に20字以内のマイクロ・レターをのせたい人はどうぞご投稿を。●短歌九月号で中世へ旅行した諸氏の旅信、いささか愉しすぎるきらいあり、呵々。

第四信——ア谿谷へ入らんとして一旅舎

？
い？
えない？
みえない？
がみえない？
ちがみえない？
みちがみえない？
？みちがない？
い？みちがない？
！ない、道が！
見えぬ、みちが。
道がみえる？
がみえる？
みえる！
がみえた?!
ちがみえた！
！みちが見えた！
！みちがみえたよ！
！ほらみちが！
！あ、ほら、みちが！
ちが！ほら！
よ！みちだよ！
だよ。
よ。
！

旅ゆきて心(しん)わずらえば
楕円車に乗りて峡ゆく
焦点のきしみのひびき
啼くごとく透る厳しさ
ふり仰ぐ空にとびかい
函いくつ　黄なる翼の
一月下　峡をみちびき
連立てるFテンニェス
哄笑裡　われを慰さむ
一患後　峡をゆき行く

元
はへな
れ戻れれ戻な
ない戻なはい戻れ元
はへ元はいへ元もはへ
はれ戻へ元なれどれな
戻いなへいい元戻へい
いなれへ元は元戻へれは元

定域詩その一
（一〇×一〇）

37年9月20日発

●私がこのアブストレー谿谷特産の「円」とその「切線」のカラ揚げ並びに「衆」と「個」の甘煮をさわさわと噛みくだきつつあるこの夕、諸君、わが同時代者のみなさんは、どのような立地点をたしかめつつおられることか。私実を申せば谷の入りで、老刺客ならぬインフルエンザ・ヴァイラスに肩口から一発——残念ながら一週間ほど旅程が狂いました。●マイクロレターは滝沢亘君から一通いただきましたが、思えばこの木曜便のつないでいる五十の綱の目の実態を公表してないのですから時期尚早の企てでしたろう。いずれこの木曜便の趣旨広告をかねて号外をお届けする折に芳名録を添えましょう。●同時代者とは、同時代観・同時代意識によって結ばれる定点の群を指したいと私は思います。

第五信——ヴェーバー山麓にて

37年9月27日発

二十四時
働いて産む怒りと妬み
眼を閉じて
その底の漁りに耐えつつ
鉄の脚
石の掌　笛となれ咽喉
泳ぎ出す
耳・耳・耳を網打つ渚
産みおとす
日常の闘いの胎(エムブリオ)
冷ややかに
背をはしる汗の職業倫理
午前零時
産声の中とおい葬りへの道
月差す
腹壁の，おお，波打つ野分

5・7・7×8

午前二時！
働いて泣く
小犬つれて
狩り立てる
轟く核心部
昔々の角笛
非番の日の
吹雪の縞の
心ゆくまで
涙して知る
生の劇しさ
午前八時！
唄はひとつ
窓を射つ陽

5×14

□しばらく職業倫理といったテーマを扱ってみたいとおもう。わたしらは好むと好まざるとにかかわらず何らかの職をえらんでいるが、詩人にとってこのことはいかなる意味をもつのだろうか。生活者と記録者さえすでに対立し矛盾するのだ。記録しようとするとき実験者であることを止めねばならぬ。□定域詩

●〝谿谷〟と言って了えばすでにフィギュラティブなイメージが浮ぶではないか、と塚本は書いてよこす。そして、一切抽象語抜きでアブストレーが書けぬか、とこの心弱き旅人の胆を冷やす。ほとんど打ち返すように返信を届けてよこす吉田漱や原田禹雄は各々の試作と博引をもってぼくを教え、ぼくの地図に新しい道を書き入れる。●横田真人もレギュラー返信者の一人「この歌に秋の酒ありせば！しかし、おぬしは下戸だそうな」などと言い酒中仙を名告らんずる勢。ちょっと待て。なるほどこの旅人、李白一斗詩百篇の境界とは縁遠いが、佐佐木幸綱が嘆くほど酒嫌いじゃないよ。だが、かくも詩に酔いしれて、この上どの細胞がアルコオルをうけつけるのだ。先便の天が切れていて読めなかったと言って来た草野比佐男よ、知ってのとおり、天地は自在に、ワザと截ることもあるのだ。と思って読み直されよ。次信では再び短歌で難路をわたりたい。

ということを考えた。5×5は方形詩であり5×14は矩形詩、一定の区域を限定するところから定型意識が生れるのだ。

第六信——W山麓の朝の市にて

37年10月4日発

ぬばたまのくらき胆砂を売りいそぐ労働市(いち)　前方に立ち

セリ唄

〈うられゆく大胸筋の紅き………
かわれゆく側頭葉の重き………〉

技術屋の脚を待ち
くろがねの罠匂う
囮啼く草地より。
　後方斜めに低所得定円周のしぶき立つ沼沢地
せりあがる銀(しろがね)の椅子ひとつらは俺より強い他者のために！
後輩の肩へわたる吊橋の紅葉ふるふるそのなかだるみ

〈丈夫な歯並みの珍重される

●小瀬洋喜から便りあり「返信の点数をつけるのを休めよ。一教師」宜なる哉、と思うが、あれは私流に編んだマイクロ・レターのつもり也。●赤座憲久から先便試作に潜在する韻の存在を指摘されて驚く。上田三四二から、九鬼理論をへてマチネ・ポエティクへと廻ってみたら、とすすめられていた矢先だったので。●草野比佐男のQ氏は、最近の「翅」で死んだと思っていたら、あと数回Q氏ものを書くんだそうな。Q氏回想か黄泉のQか。●ア谿谷の一夜、東京歌人集会の諸氏と歓談し、短研派老人達の健康をことほぎ合ったが、この週末、わが楕円車の西を指して山間をよぎらむとする頃には、ぬば玉の「黒の会」の面々に襲われるらしいとの噂。また道中の一興、いやさ、憂ウツ、憂ウツ。

〈好戦族への草深小径〉

地図帖を拡げ思えばおもうほど俺退（ひ）いて来た擬組織者は（擬民衆は）
みずみずとすき透る神経をうる労働市に立ちよりつつ
くるしい夢から覚めた技術売人（わざうり）のねがえりの唄をきいてくれよ。

——30音律連作の試み

☆
関する
き裂く
ためく
稲妻よ
☆
向いて眼を上ぐ
へんに気どりなさんな
つ肝葉のあつきをかきわけ
青いアナリストたちが
おわったなあ　と言って
の夏衣を脱いだ
われ肝に向いて歩み出づ　だ

政変に
沈黙を引
赤い峠には
金髪の
われ肝に
なんて
さわ立
頭の
一仕事
とりどり
しかし

37年9月27日（未発）

師達の抽象の向うで癌ひろがる医師達の抽象
医師達の［p］の向うで癌ひろがる医師達の抽
る医師達［p］象の向うで癌［x］る医師達の
がる医師達の抽象の向うで［x］がる医師達
ろがる医師達［p‴ r' p″ q r］向う［x］ろがる医師
り［p'］若者の［p‴ r' p″ q r］の濃きくまどりの移動
疾［p'］る若者［p‴ r' p″ q r］胛の濃きくまどりの移
動疾り去る若者の背の肩胛の濃きくまどりの
移動疾り去る若者の背の肩胛の濃きくまどり
の移動疾り去る若［y］の肩胛の濃きくまど

〈九月二十一日勝負師が一人死んだ　その朝奥さんに向って　あのテレビの上で大便したいといったそうな　人間がそんな風に死ぬのを　肝臓にどっかと坐って癌が見ていた　というようなことが許されていいのか〉

第七信——安息湖畔にて

37年10月18日発
山間伝承集より
「揺籃歌」

おさなごはかべをつたいて
たたんとすたまゆらのその
たわめるてあし　おさなごの
かべをつたいてあゆむとき
わがうちすすむまつりのひのこ
おさなごはねむらむとしてなき
いたれ　あかるきそとゆわれは
みまもる　おさなごをいかれる
つまのこえきこゆたぎちをこゆ
るごとくききつつ　おさなごは
かがみにむきてたちながら
かがみのくまのちちをみむとす

〝奴婢の唄える……〟
夜をこめて労働市に燃ゆる火の群
しろがねの薄の間に遠くなりつつ

●寺山修司の「恐山」を、物語に仮托した彼の生ま生ましい告白と受けとるところから、その作品の批評がはじまっていいはずじゃないか。さて、その上で、そこにある自己批評の現代性についておしゃべりしたいものである。などと考えながら、わたしは、ポーン・キングピッチの右眼瞼びらびらの肉片についておしみなく嗟嘆する彼のよく動く口や、葛原妙子を相手にまるで彼自身がボクサーででもあるかのように体重減量の可能性について論じ合っている手つきなんかを眺めて、愉しんでいた。S病院に病臥していたころから、蛋白質だナトリウムだと小うるさい質問をする男だったが、今も汗の含むNaイオンについて関心を寄せているらしい。科学者になってもオレよりえらくなるかも知れんな、などとひそか

むらさきの休息の湖の水を掬べば
売りて来し肉群の値の終に悲しき
　　　　　　　　　　　　憤おろしき

おさなごのわれにむかいて
　てをささぐあさいでてゆくわれ
　　にささぐも　おさなごは……

におそれたこともあった。その彼が司会しひきまわし、攻撃し主張する場面に、わたしは今度はじめて立ち会った。六甲山麓のシンポジウムである。司会が見事だったとはいわない。しかし、やはり、彼や彼に近い、あるいは彼より年若い連中が企画して動かしていく、そういう時が来ているのを感ずる。黒の会再編の動きも伝わり、東京歌人集会も来春は会期明けである。そろそろ、次の布石をお互い考えねばならぬ秋ではあるまいか。

第八信――レミントン僧院の庭にて

37年10月25日発

レミントン・スタンダァドタイプの古い、古いのを使ってローマ字で歌を打っている。これらは、その日本字訳

とをたて　みみすませ
おとめらのさやぐこえする
あきごとのまつりのひ

ちちふさたかき
むねのまなかに
まごうことなき
ながれせせらぎ

とをさせ　みみそばだてよ
おとめらのやまとまじわり
はるのめをはらまんよわぞ

――山間伝承集より

定域詩　その三

朝
知る
副雑音
忽ち亡し
〃あやまちて
死に至らしむ〃
うからの眼は
こうこうと走りて
われの額にあつまる
車の輪のようなものだ
ばありばり砕ける骨
何たる深部感覚か
寒い外へ出ると
月が赤ら顔で
あざわらう
帽子なし
てぶら
急ぐ
〃妻！〃

●丁度、中間駅まで来たことになります。あとは、いずれかの谿流沿いに下るまでです。が、この僧院、院主がぐっと生臭いので気に入っています。しばらく逗留して、帰途の構想について悟入したいと考えています。●今さらアポリネールの真似でもあるまい、などと「雪のはて」（石川淳）の主人公みたいな口はきかないで下さい。わたしとしては、あくまで、定型意識を実感するという目的に即したこころみのつもりです。勿論、タイプライティングという手段は、あくまで任意のもの。中国詩を、定域詩から連想される方は多いようで、韻の試みのすすめも二、三の方から得ています。●ところで、滝沢亘の『白鳥の歌』、旅中受けた刊行物中の白眉とおもうのですが。彼の歌は、雑誌で散見したときより、こうしてまとめられて読んだ方がはるかに印象鮮明です。ただ、彼の仕事を「伝統派」などと呼ぶのは、しゃらくさい。尚いえば、この本の序文や後記、又歌集名は、蛇足の憾あり。先日、わが楕円車を廻らして、湘南に滝沢を訪い、会いましたが、今はこの友の健康恢復を乞いのむばかりです。

第九信――Re'僧院にて

37年11月1日発

……レミントン僧房の黒衣の袖をたたくとこんな晩禱がきこえる。

はげしい雨風をついて	e
八方のみちはかたむき	i
するどい雨かぜの中で	e
一さいの細胞はきしる	u
あまねく疑惑の実繁り	i
すべての讃嘆はかげる	u
とどろく雨風をわけて	e
一ぽんのみちをたどる	u
一すじの陽さす所まで	e
民衆の山ふところまで	e
10×10	

――僧都。

――僧都。

とオレは呼びかけて、

――しかしそのお祈りの方向から帰ることは出来ないよ。なぜって友人たちは、「定型の形の側面にばかり注目して中身には熟さないものが多い」といって批判してくるんだから。というと、僧都は目をむき、

――何をいうか。形がまず先にあり、その形式がいかなる内部を引きずり出してくれるかというのがお前さんのこのたびの旅の目的の一つだったんじゃないか。形なくて何の中身ぞ。

と一喝した。そして、

Yamakoete warewakinikeri, akanegumo
Tanabikutokoro "SEN-GO" no hazama

朗々と吟じて、「戦後峡を越えて行かれるがよい」というのであった。

――いや、それはいけぬ。それでなくても、アルカイスムは不評判なのです。

というと、再び目を瞋らし、

――古語、俗語、口語、文語の別が何だ。美しい言葉とみにくい言葉をわかつのが詩人というものだろうが。片言隻

句への、こちたき情勢論的顧慮など、俗物の迷いにすぎぬわ。
と袖をひるがえしつつ大声で唄いながら行くのを聞けば……

Anotokino hikisakaretaru yorokobini
Masaruomoio itutosimatan!
Ikutabika yukinomitiyuki tazunetaru
Kunikozorukanasimino minamoto izuko?……

● みちしばしば　よぎれるあかき
はちありき　ひかりのごとく
あやまちてみつ、ひかりのように
みえしたまゆら〈ひかりかとみて
われはおそれつ〉〈まさにひかりと
もいてすぎにき〉……然し、〃あかきはち〃は赤い蜂であることがわかるか。「くらきかげありき、ひかりのように みえたりしたが」ではいけないか。まだ当分は、半歩も歩けぬかも知れないな。万軍のとどろき、万軍のとどろき。
ああ、エーテルを焔に寄せるときのような、あやしい詩想の炸烈に遭えぬか、遭いたい。

号外

37年11月17日発

ぼくが、旅信をかき返事をもらう、こういう通信次元の一つの原点となるとき、あなたはこの木曜座標上の任意の一点であるが、もしもあなたが、原点たろうと決意して、ぼくと同じような小さなコミュニケーションネットを——そう、おのぞみなら土曜通信でも二の日便りでもいいが、とにかくそういうネットを張るとき、今度はぼくが任意の点となって、通信空間を、あるいは二次元的に、あるいは多次元的に移動することになるであろう。かくしてでき上る、複数の原点からなる座標網の層々累々たるネットワークのそのなかを、毎日、毎週、毎月、通過しつづける、あつい感情と尖った思想と楕円のインフォメーションの群らがり、そのけわしい速度と目くるめく電圧、かさなり合うネット、ネット、ネットの灼熱を予想することができる。こうした私的な、ミクロスコピックなコミュニケーションの無数の存在のただ中において、かの安保とかスターリン批判とか、はた又前衛短歌とか国語問題のような決定的状況がおとずれ、重い問題が提起されるとしたら、どうか。われわれは、いわゆるマス・コミとも、純然たる私信ともちがう中間的な場所を通じて、お互いの考えをただしあい、位置をたしかめあい、データをかわしあうことができるのではないか。偏見と孤立の樹をたおして、こういう共通の広場通路を拓くことは、おそらく、私製の拳銃やライフルをもつことより、はるかに進んだ市民的武装なのではな

●われわれの定型詩人は今週も便りをくれなかった。不意に失われる可能性のあるのは、当節人命のもつ属性の一つみたいなものだが、それにしても彼は、Re.僧院を出発してから、どこへ消えたものであろうか。レミントン特電を信ずるなら、戦後峡谷へ向ったらしいが、さてその峡谷の開いている巨大な出口が西方へ向っているのか東方へひらけているのかさえ、当人は知らなかったというから、いやはや、心細い。むろん、その谷が解放郡にあるものやら占領郡に存在するものやら、不明のまま出かけちまったらしいのである。そういうところは、どこかの国の前衛党と似ていなくもない。また、きくところによれば、峡谷へ向う前にK川沿いにふらふらと歩いていたところを木こりが見たそうな。一見して睡眠不足の感じだったという。ともあれ、無事を祈る。●そこで今回は、留守役の小生が、彼の旧稿のなかから、旅信発行趣旨の一文をえらんで、諸君にお送りする。日付の日に書かれ、未発表のもの。つけたしの詩（？）はカット代りのわがいたずら書き。題してR's air。あな、恥し。

17-Nov. '62 Dr. R

いか、とぼくは考える。政治の世界で、このやり方を「真似たい」と水野昌雄がいいよこしたが、どのような方面でも大いに応用されてしかるべきで、それを予想してなされた試みでもあるから、この種の姉妹機関の新種の数多くあらわれることをのぞんで、一筆、発刊趣旨を表明しておく。

7-Sept. '62

*

錐のようにひばりがあがる　天へ
舟のように木の葉ははしる　空を
頬のようにてりかがようは　叛旗
翅のように、友ひるがえす　説を
油のように　妻とただよう　夜を
材のようにたましいを吊る　宙に

第十信異稿

37年11月18日（未発）

おもいだす　きぞのよのくらきそらに
なみうちよじれあえぎたち
わがはらわたはきのこずえ

たたかいの　さなかのふかきえだわかれ

①十一月四日伊豆稲取へゆく波と岩を歌に写しとる
③自然をうたうことの意味をかんがえるとくにその時代的変貌を
②渚の岩の上で渚の波の前で
⑥観照とも感情の鍛冶とも都会生活に傷ついた心のこよなき
④おそらくそれは逃避
⑦休息ともいわれているのであろうが……
⑤ともよばれ遊戯ともよばれ

然しそこで波と岩を眺め潮騒の中でいこうているのは心であって身体であって、それを、その心をその身体を表現として三十一音のなかに封じこめようといそがしく働いているもう一つの心ともう一つの身体の、一体なんというあやまちをおかしているのだ、狂おしく逆立ちしているのだ。

第十信——国道一九四五号をゆきつつ　37年11月22日発

……敗兵へ秋の山々並みよろう

●親愛なるR博士、あなたはまるで他人のようにおせっかいです。号外などだれが頼みましたか。あなたには、やはり、旅費の心配でもしながら、しずかに兎の

1昨日から　剛直な雨が天地を結んで屹立している　小峡谷のとっつきそれは
出口でもある　あふれる野川から虹を釣って弟がもどる　と　ぐしょぬれの
戦闘帽子をいでてたたきをゆく谷々のかなしみどもよ　母が煮る疎開もんの
豆　とおくみちのくの父から一ひらの陽差すとき　柔和な秋のもやが悠然と
地を去ってあがっていく……
　雁（かりがね）や十七年を啼きわたる
2眼前で断たれる　すべてが岩に見える　動く敵だ　とおもえたのが柔弱な味
方に見える　味方の脚！とおもったら敵の背中だった　はげしく矢を射た
のにとおい従弟だった死んだのは　迷いばかりで日がいたく短い
　切口のつゆけき首がならびけり
　風あつまるあたかも人の終りし時
　つゆじものあまねき原を前衛車
3ざわざわとむなといでいる●●●●★
ぐらぐらときぞのよのなべ○○☆○○
4ああ鈴の音すみてひびけば蜂もゆく雲の峰まですずしげに手をうちて祈るな
にかに　なにに？　たとえば夏雲のようにあつく巨きく秋の水のように測り
がたいあるいは人の運命とよびまたは時間ともいえるあれへむけて　戦後は
はるかに平和は永いが国に行方があるのか人々はただただぬしみただ苦しむ
巷ゆきてあう軽羅の乙女らさやぎつつ育ちてか来し　奇しき時代をくしきと

内臓を剖いておいでになる姿が一番お似合です。発刊趣旨なんて今更出すことはありません。皆さんは、あれ位のこと百も承知でいらっしゃる。それに、あのR's air とかいう代物、喩の常道からいけば、第一行は「あがる」でなく「刺さる」が適切であり、三行と六行は位置を交換すべきであります。また、二行末尾は「空ゆ」五行末尾を「夜は」としたら如何でありましょうか。●ご自重を要望するや切。

も見で

5　緩徐調（レント）の説得　対岸が炎（も）えだすまでは
冴えかえる感官単車が怒るたび

6きぞの夜の情念にむち打たれながら　急ぎゆく生の急阪　一ぽん道　杣道はざまみち　おちばみち　道みちみち　昨夜（きぞのよ）の波うつ情念をかみわけながら　これはかなしみあれはあわれみはたくやしみ　ああ部屋の片くらがりを疾った泡立つ悔悟の波歓喜の柱立ち　きぞの夜の情念のつゆにぬれながらさわやかにふみ立てゆく　あえぎゆく尾根つたいみち　山々はあかく病めるを　そのやめるいただきへといそぎゆく生の急阪

＊

戦後とは何昨日の情事あばかれなば
露ながらこころの階をはせのぼる

第十一信——「このひろいそらのどこ歌」で

37年12月6日発

晩年とか老後がよほど気になるとみえる
生涯の仕事の配分が気になるらしいのだ
今日(こんにち)ただ今のショベルを横たえておいて
遠い墓石の傾斜に手を当てているらしい
ストイックに枠を狭めて醇化をねがっている
たいそううすい精(えきす)があるというじゃないか
反体制、反動、瘢痕、晩婚といったふうの
分類にひどくこだわっているらしい　敵は

天　至

不意に逆流してくる胃液を嚙んで
考え込んでしまう徐行する車の中で
越えられる存在って海(わた)なかの岩でさえ
尖っていてどっしり波の裾を抑えるがな

出　言

●このたよりはじめてから足かけで五カ月になった。十二月第一週、そろそろこの旅もおわりに近いが、全く方位感覚を喪ってしまってヘンなところへ来ている。人々は、この木曜信を、場を狭めるものだなどと言い、さしあたり話題を提供するだけでも心足りているこの旅人も、おのずから帰心つのるのをおさえがたい。●旅に出る前だったか、俳句評論の会か何かで、オレもそのうちに俳句をつくるんだといったら、金子兜太が、塚本邦雄さんならともかくあなたには俳句は出来んでしょう、といった。面白い見方である。●先夜といっても、大分前になるが、兜太と村上一郎とビールをのんで話しているうち、水戸学の再評価てなところへ行ってしまい、昔の忠君愛国少年が「新論」についてウンチクを傾けたりした。そういう話が、割と楽に出てくるように、このごろやっと、なったじゃないか。

第十二信——飛行する楕円車内にて

37年12月13日発

ニヒリズムについて——長歌と反歌三つ

あなたには——こういうへんな　あたりまで　まよいこんだり　したことは
ついぞあるまい　しりながら　くるにはきたが　いをきめて　まぎれこんだ
が　ひさかたの　天の一隅　夕雲を　見おろして焼け　朝虹を　越えてきらめ
く　大気さえ　あとをとどめぬ　ひきつった　零の空隙　そこすぎて　鳥は落
ちゆき　そこ截りて　翼はくだく　ひしめくは　無限箇の負の　記号のみ鶴も
歩まぬ　あまつさえ　文体論も　ない、性の　原理は融けて　ながれゆく粒子
のすべて　しらじらと　荷電を急ぐ……書こうとし　いそぎ机上の　くさぐさ
を　なぎてゆくうち　いつしかに　きえさっている　とおあさのうしおの皺
の　うたかたの　おもいがあるがそれに似て　妙にきいろい　界域が　天のど
こかに——いや実は　あなたのなかに　大鉤で　ぶらり吊られて……知ってる
のかな　その重みを

＊

最短路翔ぶ地上にパンを投影し

●ことしは冬がはやいね、などという行人のこえがすれちがいざまに風のようにしみてくるきのう今日。この月も第二週にかかるが、先便でその余裕を欠いたので今回はいささか　冬の花（切手）をあしらった。●ところで、先々信における非礼をDr. Rにわびねばならぬのは、実にくやしいことだ。というのも、この木曜便の本意をとりちがえている人がままあるらしいからである。むろん、わたし自身は、（その誤解ぶりが）おかしいもんだから大いに笑っている。しかし、その種の誤解は、まだしも好意から出た杞人の憂のごときものといえるかも知れんのだ。岩田正によれば「進歩陣営の批評家のチャンピオン」だという橋本三郎などのいうことをきいていると、さすがのわたしも、いささかゆううつにならざるを得ない。しばらくは笑っていても、笑っているうちにさびしくなってくるのだ。これが歌界の批評の水準なのだろうか、とおもうと、オレはよほどヘンテコな世界でものを書いて来たのじゃないかとおもえてくる。具体的に作品をあげて論ずしかもそうする必要性を感ずる能力の

＊

融けてゆくアルバトロスを目守りつつ　救いたく救いがたく　手が在る
朝が樹のうえにひろがる朝が樹の内部を降る　おお　その樹欲し

第十三信――幾何空港を眼下に見つつ

37年12月20日発

落下する車のなかで　考えている
（墜ちてゆく楕円車はいま　故里を指す）
見のこした　大都といえば　擬音があろう
例えば、だ　群衆に夜が　来るときをいま

ない橋本が、精神鑑定を要するのはいうまでもないが、こんな男までいっぱし「批評家」のうちに算えている歌界そのものの甘さ貧しさが歯にしみわたってこたえられない。にくいとおもった相手をただ〈反動！〉と呼びさえすれば、へい、おそれ入りやしたと問題の方で引っこんでいってくれるとおもっているご仁が今だに居るのである。おそれ入る。わずかに「幻影」へ「遊撃」する寺山と、「沈黙の無意味」を悟ったらしい岩田正、そして、木曜便の姉妹機関を出したいという旋頭歌のむつかしさを告げる佐佐木幸綱に、背をたたかれて冬空へ飛び出したのであった。

●わたしはこのおわりから二ばんめのたよりを空港のポストにつっこみさえすればあとは一目散にわが家へむけて駈けだすことになるだろうとおもっていたのであるが、一体わたしにとってわが家とはなんであろうか。詩歌の国、定型の川をさぐろうという旅の、出発点とはどこだったのであろうか。詩人にとって故里と

Bjōn, bjān, bjōn とよるが曲って
　やって来る
と言ってみても
　こうこうと阪に挑めるすすきあり
　まんまんとはねひらく夜あり

又

　オーマニュ・ヴァーン、ウマーニュ・
　ヴァーンとえり立てて、口噛んで、
　びょうびょうと来る夜を見ている

などと言っても　どこかしら　五七の律に　通いあう　しらべをおびて　おのずから　われらにひびく　不思議さは　ただ音だけの　抽象歌へと　みちびかれゆく……郷土訛りで。

＊

定域の　極限地まで　行きたくて行けなかったが　極小の定域詩とは　つまり　その「一字の詩」だろ　たとえば、さ
　刃
という一字　これだけで自立しうると　もしするならば刃を囲む
価値授受の場！が必要だ

はどこであるのか。こうかんがえてくるとエア・ポートからの家路さえもうもうたるスモッグの底に消滅しそうな予感がつよい。ともあれ歳末だ、土産を買いに出かける。その市でわたしは逢う。たとえば

馬
一種類
鷹を飾った
洋品店の鳥の顔
死んで歪んで小さい
女の児は眠りながら留守
時計を置いて厚い洋紙を取る
女の児はみじろぐ毛布の愛の中で
キューバと石炭の詰った十一月、世界は
私の周りに縮刷され小脇に納まる
豆をポケットに二三軒当ってみる
世界そのままを売ってくれないか
はつは、留守の赤ん坊は？
街は西欧の神の生誕祭
東洋ではしかし
嬰児が
神

＊

極大の定域詩とは　架空詩にすぎぬと　諸君　大方はおもうだろうが　なあに　それほどでもないさ　このハガキあまりに小さく　われらまた敍事のうねりの　モノタナス長い持続に　耐えられぬらし　作るも読むも

さらば諸君わたしの帰る所は貴方の処か

最終信――Dr. R 研究室にて

37年12月27日発

▽第一信でわたしは七八九の人工的音数律による定型の可能を論じた。帰途今一度ここを過ぎて思う種々。

1

さえぎりて立つ
おとめらの腰に
寒厨、万の花！

2

刄(は)のかたちして
われに迫るもの
冬、嬰児(みどりご)の眼よ

▽しかしこれらの詩はなるほど音数は七、八、九であるが、律化が不充分ではなかろうか。律化の方法はなにか。たとえば七音を四、三へ、八音を四、四

●このたよりは次の人々に送られていた。大西民子、尾崎磋碤子、富小路禎子、上田三四二、藤田武、金井秋彦、黒住嘉輝、米満英男、池永英二、小瀬洋喜、赤座憲久、古明地実、葛原繁、横田真人、小野茂樹、佐佐木幸綱、清原日出夫、平井弘、滝沢亘、竹波愛八、山中智恵子、原田禹雄、安永蕗子、春日井建、浜田到、菱川善夫、武川忠一、吉田漱、秋村功、我妻泰、岩田正、馬場あき子、山本成雄、水野昌雄、篠弘、玉城徹、島田修二、北沢郁子、河野愛子、川口美根子、伊藤保、田谷鋭、大野豊、水落博、草野比佐男、前登志夫、冨士田元彦、板倉栄、米田利昭、高柳重信、金子兜太、楠本憲吉、杉浦明平、高安国世、近藤芳美、寺山修司、

へ、九音を四、五などへと分解して、そこにたとえば四音の反覆による調律を求めることか。

3

さあれ　とうたり
とうたり　胸戸は
明日への忍び打ち

4

旅のかえるさ
修羅野をわたれば
見よ、「木曜詩」炎ゆ

▽基本的にいえば、結句の九音は二音と七音の複合とみられるから七音をさらに三、四と分ければ二、三四音の幾つかの組合せが考えられる。また4にみるように二、五、二とするとよく坐るような気がする。はれ、やな、やよ、ささ、といった二音の間投詞は俗謡その他にみられるが九音中の二音にも応用できる。

＊

塚本邦雄、以上57名。

●この他に家妻にあてて一通。これは後半になってはじめの予定の旅費をこえたので、送金させたりした、そのための旅信でもあったが、その他にもさまざまの協力を得たので私事ながら一筆むくいておきたく、同様の試みを企てられる向きへの参考言としておく。小瀬洋喜、赤間昇ならびに板倉栄、そしてわたしの歌論集を買って下さった方々からのカンパに感謝する。竹波、板倉の諸氏はその周辺の友人へ回覧されて、その反響をつたえていただいたし、古明地、河野、滝沢の諸氏も同じような協力をして下さったようである。ありがたくおもう。●直接の返信はかなりの数にのぼり、綜合誌・結社誌・同人誌でとりあげて批評してくれた人もふくめて、心から感謝する。賛否いずれにせよ、はきはき言ってくれたのが実にいい。時あたかも発刊された早大の27号室通信に、しばらく後事を托し、又来春、第二回の旅信を約して、別れをつげる。

5
トニオのような
サルタンのような
万穀のような　死！

6
おれのまわりに
おれらがとりまき
ひしめき　俺を消す

などと蛇足を書きくわえたがるDr. Rは、

7
翼のように
性格のように
撓（たわ）められては　打て

といつまでも、歌いやまぬので、「それではてんで律化も詩化も不足だよ」と言ってやる。わたしはともかく、こうして幾何（きか）空港からR研究室まで帰って来た。そして、可能性の定型「七八九」を再検討しながら、定型を定型たらしめている条件について考えているのである。その一つは、おそらく単なる定型や定域ではない定型律、定域律（音数律・字数律）の辺りにあるらしいのだ。

（『岡井隆歌集』一九七二年思潮社刊）

歌集〈眼底紀行〉から

眼底紀行
――野外劇のための序奏

さきほどからわたしは、眼底をさまよい歩きながら奇景に眼を奪われ常景に心やすめつついるのである。ころはあたかも夏、なおなまなましくおもい浮ぶ、かの年の草かげろうの柔翅(やわはね)の記憶はいたくて、

もう一つの夏　の幻(まぼろし)かげぼうしうら悲し裏切りて生くれば

しかしまた、わたしより若い男の後の噂を道すがら耳にするのは決して快いことではない。よって、

もう一人の青年医師　のくれないの声
きこゆるは〝Onan よねむれ眠れ Onan よ〟

ここ、魂の眼底にもむろん天地があり東西南北があるから、おのずから「東北」地区が生じ、そこ東北六県の乳牛は四歳ともなれば、ある種のワクチンを作るため遠く白色の中心部へと搬ばれてくるのだ。わたしはこの牛たちに行き遭うとき、なぜかわが一歳になる童女のこえのしきりにきこえるおもいがする。あれこれこきまぜて、あるいは旋頭歌体をもよそおいつつ、

抒情する牛をあつめて落ちて行く神々の村　灯(ひ)ともしごろを

桃の木にこずれの祈り
松の芽にこがねの喘ぎ
みなぎろう盛りの時も
　過ぎにけらしも

うれうれば真夏への道「東北」というまがなしきくにの南(みんなみ)

胃へくだるくさ薙ぎの草こなごなにかがやきながら　孤立する牛

かくばかりくぐまりているこころには黄光（おうこう）をもて夏来るらしも

街裏のあけぼののいろ見て寝（い）ねむとす

いとけなき感情ひとつ圧（お）しころしつつ

見上げいる父の視線を越えて見つむる

この世にし生きてはじめて見し春の雪

日輪の三（み）つ四（よ）ついでてうつろえばこそ

乳牛の死にいたるまで暴（あ）れて死にけり

どこからか水晶体を透してゆがんだ陽が差すとき、くさぐさのものの象（かたち）が見えてくるので、またそれに沿って道をえらべば、

あさぼらけ鋭きかげの集（つど）いきて巌（いわお）をおこす作業終えたり

ひといきに閾（しきい）をこゆるイデア　見え初（そ）む

むらさきが朱に勝（まさ）りゆくところ見えおり

むかしここを通ったのを思いだした。

五月五日午後五時ごろは飯をはむ風なかの花みだるる食思

時間あえぐがごとく移りてひとしきり青年は恋うしなやかさなど

類推の二分裂（ビフルカチオ）よさみだれはあわあわとせる曇りへ移り

いつもながら生硬な食事がつづくので、観念の下痢も止まない。たえがたいことだ。しかし、仮説の谷を渉って韻律の沢へと問いかえす今日の歩みは、たんに物象の反

覆と模写以上の事業となろう。かつて、

抽象のバスを待ってる
絶対のカバンを提げて
確信の日がしずむとき

などと考えたり、〈思考からなぜ日本を除くのだ、いかめしい学説の頭部を踏んで〉と迷ったりしたのに比べれば数等倖せだ。ところでむろん「ぬばたまのよるはすがらにこの床のひしと鳴るまでなげきつるかも」の故郷をわすれてはいけないのだ。

今日のおわりには、今日の願望を歌っておわろう。

一つ悲苦と百の歓喜のへだたりを折れ曲る藁もて測りてば
一と百この意味のない倍率をささくれの葦もて飾りてば

○

二元論的思考の裾野に菜の花のあやうい夕があることはもはや自明の理であろう。

たまたま旅舎のつれづれに手にした中野重治全集、この全集が終って（といっても十八巻まで出ただけだが）ぱらぱらっと見ながらシンとした気持だった。実にいやな文章もありそれが昔感動して真似をしいしい歩いたということで実にたまらない。自分の二十代がしんしんと寂しく剔出される、あの感じに似ている。

さて、訪ねようとしていた青年が不意にうしろむきに倒れて眼底を去ったというので、旅行目的の一つを鷹にさらわれたように憎さもにくく、

かれら発ち（たち）そのなかに君ありたりと昼さむきまで怒りつのりつ
あかあかと傾く船が右に見ゆゆるさざる泡そこにつどいつ
かぎりなく群れしとつたえききしとき伝えし声をしばし憎みつ

不思議な死を見た。たとえば、
〈あまりにしばしば〉が
〈なになにするところうの〉が
〈むしろ問わるべきであり〉が
〈革命的左翼的アクティウィスムス〉が
たしかに日本語が
うちのめされ細しくきざまれささくれ立ち、頬をひきつらせた一本足のこの民族語は、もはやなにものでもない・小さいちいさい・狭いせまい・醜いみにくい・哀れなあわれなプラッツへなだれこんだ。そして横をむいた。腹を出した、膝をつき鼻をすすった。いのちまでおとしてしまった。わたしは、わが童女の民族語学習の進度におもいを寄せるのであった。

ある日われ父とよばれて旗ゆきて唄暴るるとも育ち止まずも
女童の手をへて来つる氷塊の濁れるひびの明日のごとしも

さやかなる母韻のつづれ垂直に言葉を
くだるときの輝やき。金曜の夜をわた
りてあけぼのの土曜に眠るひとふさの
手は。ぬばたまの夜さえ匂う頬二つ一
つの部屋にそだついのちの。おさなご
はさもあらばあれ沐浴の髪を透りて声
はしるかな。知らずあれ損なわざれば
幾千の熟睡ののちに旗手たらむとす。
いぶきには息吹きつばきに凍りたる唾
もて行くわが女童は………

わたしとわたしの妻がユートピアンならばそのユートピアには、ラジオ・テレビの対極であるVTとかOidarのネットがはりめぐらされ、現代の新聞を組立てている柱という柱を一本のこらず倒立させて出来あがる〈情報空間〉が発明されるだろう。そしてそのときはじめて、わたしの飼っているうら若い一頭の牡牛がその雄大な腹部をかいま見せBôとばかり啼き響むであろう。因みに、このごろまたマス・メディアのそこここに隆起した「芸の世界」。怪しい花だとおもわないか、あれを。琴、舞踊、華、むろんそれはそれでいい、金払うて芸習うて……、あそこにはしかし天才や宗匠のはてしない美化がある。名優だの達人だの、ヘンな空想上の人物が大きなつらあして崩れた都方言のうえに坐って弟子を上から煽ぐ。無礼じゃないか。修行といい秘伝というがそこにはごくありふれた人間の失敗やかすかな成功の明るみがくりかえされるばかりなのだ。学習の事実はケーラーのシンパンゼーにだってある。秘芸、美技。大戦争をとおってきた人間への侮辱じゃないか。

天心へ吊りあげらるるあかき車体の
裏がわに空まわりする輪こそ寂しき
はるかなる汚点となりて日輪わたり
行かな還らな地軸をさして淡雪となり
うずめゆく一つの庭のひろきささめき
炉の前に火夫ひとり立ちもてあそぶ斧

突然、次のような内臓を喰うことがあって、いつまでも、天と地の引き合う力に心遊んでばかりはおれない。

指さしてみるさみどりの胆嚢のキューバのごとき溢血は
見よ

オリイヴの林、氷醋酸のごんごん降るステキもない外部環境のもと、野外劇がひらかれるという風信に接したので行ってみることにする。たぶん、見物衆は、民のような雑草(あらくさ)と大衆のごとき砂ばかり、天井桟敷にゃ太陽が、三つ四つ二つ、熟柿さながら潰れていようという案配だ。

幕ひらくまでにいくたび朝明くるらむ
一つ　曙(あけぼの)焼けわたる
二つ　暁(あかつき)花明りせむ
三つ　朝ぼらけ　精神(こころ)岐(わか)るる
漆(うるし)の香(か)うずまき居たれ今いちどうつろうものの移る迅さ

見む

わたしはすっかり間違えていた。野外劇第一幕第一場は、てっきり、あれ狂う旗と暗い重戦車の対話からはじまるものだとおもっていたのだと。とき、一九六＊年六月十五日午後七時。しずかな夕映に染まったお茶の間の巨きな障子の桟が、ひろびろと舞台の背景を占め、円形か楕円か台なのか底(そこ)なのか一切不明の場所――野外とは、つまり、そういう所だろう――の直上(まうえ)から、こんな歌声が、きこえて来ただけだ。

吾嬬(あづま)のなかの牝鶏をしめてくれ　だがそのまえに………
‥
吾背(あがせ)の鷺の脚を折つてくれ　だがそのまえに

〈木曜詩信〉抄

序の歌

ふかい歯でくわえた
街一すじだに残さず嚙み切った
やがて廃墟となるために伸びていった街
街街の通りの小路小路の荷馬車の記憶
そこから工博の庭を覗く　狭い屋根のついた土塀
炎のなかで父がとびついて倒そうとした
あわい明るい檜の板塀
柿の実の降る　その後ろにはりついてかくれた
アカマンマのしげみの花の上の節穴だらけの
文字印の黒くかすれた板塀
塀はのびくさり　やがて空から焼かれた
幾千の人が死に　もだえ　逃亡し
それが　名古屋戦争　と呼ばれようと呼ばれまいと
少年の頬に不朽の紋を打ち抜いたのは
そのたたかいのなかの一すじの走り火であった。

主税町（ちからまち）　撞木町（しゅもくちょう）　白壁町（しらかべちょう）　徳川町（とくがわちょう）　久屋町（ひさやまち）
赤塚（あかつか）　清水口（しみずぐち）　東片端（ひがしかたは）　平田町（へいでんちょう）　飯田町（いいだまち）
それらははじめ少年の地図に棣棠区（やまぶきく）として記入され　や
　がて東区となり
名古屋とかわりゆく
名古屋よ　性あらば女とよばれよう
わたしは愛する　もはや地上にはない原（ウア）名古屋を
美しい上級生を組み敷いていた剣道教師の倒錯した愛
を　こわごわ見守ったみにくいアヒルの仔を、不思議
に籠手をとって勝ったはじめての試合の汗の宵闇を
これはわたしの生活記録だといいたい
幻想旅行者をよそおうとはおもわぬ
名古屋はそびえ　わだかまるのだわたしの現在に　無名
の非実在の聚落として
城は坦々たる裾野の一点にかたよって立つ低いが鋭い一
箇の帽針である　それが留めている小さな湖の皺は運
河をつたって海へ消えるのだ
一九四四年末から四五年夏にかけて烈しい火の洗礼に立
った坂と平野の町　おのずから街でなくなって行っ
た　都市でなくなって行った
やさしげな旧いウアナゴヤよ
ナゴアブルグ
ナゴアンスタットよ

……………

初信——一九六三年八月二十二日

一九四五年春　米軍機の執拗な攻撃をうけて滅んだ　一地方都市　名古屋　の旧市街よ　そここそ今度の旅の終着地だ　しかし相手は既に地上のものならぬ幻影　紙と土の廃墟のこと故いたずらに淡く広く　私はみずからの幼年がそこに眠り少年が息づいているその細い記憶の縞からだけでは到底　都市の肉体を再現すること難いとおもわぬわけにはいかない　私的回憶にはどんなに見事なそれでも感傷の人工甘味と面をそむけさせるナルシシズムが入りまじる　そこを定型の馬で超えたい　韻律の舟

でわたりたい　かつて存在しまるで優柔な処女のように空から犯されたわが幼少年の庭の意味をまとめあげる詩の綱を編みたい　と希うのだ
　一すじの愛恋をもて打ちすえき幼年の手力(たぢから)をしぬびつ、手の力はや

次信——一九六三年八月二十九日

午後の狩猟

玉虫の鞘翅(さやばね)　やまとたまむし　烏羽(うば)たまむしさわれかのいとけなき日の空間はがっしりと実にがっしりとそらにかかり　陽(ひ)にしずまり青年が時間のなかで深追いするイデアの魚の・貧民の背の・国家の嘘偽の見えかくれして逃るるごとく　おさな我れの見し玉虫の舞い一本のけやきをめぐり乱れとぶ夕まぐれまで玉虫のさやのさやけさヤマトタマ・ウバタマそしてまた野ぶどうの花に集るミスティックすきば雀蛾の一隊をかの空間の隅に追い詰むアレチノギクの群落をわけ近づくは　国(くに)　という一つ嘘偽にあらずやも
少年はひきかえしたり　少年を迎えて草がおののきし故

酸信——一九六三年九月十二日

三方が原は浜名湖の東方。バスが横切ったとき、原は暮れてまっくらでなにも見えない。乗客はまばらで車掌のいうことはほとんどききとれぬ。不安に窓外に目をこらすが、古戦場には空虚な闇の気配がうごいているばかりだ。しかし、待てよ。とかんがえこむ。ひょっとすると、ここいらから古戦場伝いに、まぼろしの旧名古屋へ近づくみちもあるじゃないか。桶狭間には、すなわち、「戦争は敗けるさ、戦争はばかげている」とあざけるZ(ぜー)高商の学生を泣いて口惜しがった中学生たち、勤労動員の日の軍工場の倉庫のかげの昼休みが、しずまりかえっているようにおもえる。鳴海(なるみ)のくもり日の鷹。清洲(きよす)の弟と工員たちの派手な喧嘩を傍看していた意くじなし。関が原まで若い父とこころみた雪中徒歩行の途次の卵料理。と

いう具合に、織豊二氏の跡どころをめぐりゆく秋ごとの校内マラソンの全コースが暗い円をえがいてわが原ナゴヤの中心へ収斂する。三方が原は浜松の北方。こうもり一匹とんでいないが航空自衛隊基地だそうな。

伍信――一九六三年十月三日

慌てて朝の時間を抑える、それが玉虫の空へ飛ぶのを、指で。それが母の眼にひきよせられるのを、足で。それが宿題の沼へしずむのを、歯で。それがビイ玉の間をころがってゆくので、あわてて指を揃える、歯をあわせ足ぶみする、かがやく朝の時間に頬すりよせるまで。

＊

幼年は時間の砂漠、ここ東区主税町界隈の小路小路には小さな砂漠が群れていて、泥と花をこねている女の砂漠に近よってゆくもう一つの砂海のそばでは、ビスケットを口一杯に埋めた第三の砂原が猛然と嵐立っているのだ

　母よ汝が怒りはわれの砂あらし吹く
　父よ汝が嗤えばわれの砂炎え立つを
　夜半この沙を渉りて、母へ行く父！

追伸　十月。いくばくかの冬を含んで成り立つ石の月。末期、雨ぞふる。雨とよみ遠ぞく。石の月の朔のあけぼの、第二脳室に溢血した大男が、ごう然と死んでゆき、わたしは旅に出ようとしたところをひきとめられる。またある日の真昼は、生きようと絶叫する少年の脊髄から濁りににごる体液のしたたりは、わが指をぬらしわがひざをぬらすのである。わたしは急がぬことにしよう。

＊

回憶はしばしば前後に癒着する。例えば、〈叫んで抗議する勇気はないないで父と折入って話したいした本ではないけれどもりの友のひたいの青すじ向いの保護観察院は特高のたまりだったの葉の枯れる洋館の小犬たちの疾走……　etc, etc……〉

＊

追憶がただ一つの道とは思ってもいないが、あわただしく人が死にその遺体を剖き、心痛して人の生を支えようとする日常は、殊にも追憶を青い果実のまま吹き落すのだ。まことに

原ナゴヤへの道は遠い。

肋信——一九六三年十月二十四日

先便にふれたあの病少年のことをおぼえておられるか。そう、髄膜に炎を走らせ、生きたい生きたいの絶叫裡にその体液はしとどわが膝をしめらせた、あの少年だ。どうやら小康状態で炎はしずまりつつあるのをよろこぶ。本詩信休刊の日々かならずしもこの少年のめぐりにのみわが思考と行動がとどまったわけではないが、たとえば心電図形に反映する心肥大のパターンを分析するべく海彼の文献にわが眼をあそばせるとき、悲しき一行の詩的遡行すらかなわぬのである。

くさぐさのものをつかみて　ひき上ぐる拳かなし
も　きぞの夜の月満つ庭の　かわきつつ今日につづ
ける　しろがねのひびかうばかり　秋の雲うつるす
るどさ　迂回して死にいたるかと　おもうまで月か
たぶきつ　くさぐさのかたちを指して　うちふるう
わが手のゆびの　淡くかがやき　直指せよ指！

撥信——一九六三年十二月二十四日

弑されし神　を想えば
とりどりの
児を群れしめてとおき原あり

ヘブライズムの上に諸国諸民族の土くさい説話が積まれたからこそ　サンタクロスや樅の木が定立したのであろう　とかんがえることは　われわれのめぐりに流れるバッカス調のクリスマス奇習をいらだたしげにせきとめようとする書斎派を　いささかでも慰めるに足る省察ではあるまいか　いずれにせよ一つの西欧を別のもう一つの西欧的なるものによって中和しているにすぎないのではあるまいか　文化がたえず相対的に捉えられ比較計量される風土それは子供たちの生れて育った風土でもある　文化のなかに絶対者が居ない　腕力脚力視力といった肉体の諸量がものをいう世界はかくして形成されるのであろう　正しいものが強いのではなく強いものはつねに正当なのだという不文律が子供たちを目に見えぬ線で分けてゆく

＊

昭和＊年12月24日昼主税町筋を秋田犬と一しょにリアカーを
引いて行った少年とわたしとをわけへだてていたのは何であ
ったろうか　衣裳であるかタオルのように乾いたわたしの皮
膚であるか　わたしが前夜祭劇でしゃべるはずになっていた
ピーターパンのせりふであるか　父たちの職業であるか
家々の神であるか　少年とわたしはブラッキストンラインを
はさむ異種生物であるか　否　否　一枚の切符　貧しい教会
のXマス入場券だったのだ
数時間の後真冬の星座の下で少年の手力はわが掌より一瞬に
して青いうすいその紙片をうばい去ったが　そのおどろきを
思うとき鋭い抽象の刃がわが心をよぎるのを聞くのである

軀信――一九六三年十二月二十六日

また或る日　アジアの一角を西欧の笛にのってわたって
行く迅い煙があった　ひろがる戦争のイメジの重畳たる
気圧に耐えかねて下半身もはやびっしょりの少年が帰路
につくころ　苦味さわやかに秋が立ってゆくのであっ
た　くきやかに国の動きの見えそむるころ机の上の鳩の
屍（しかばね）

充信――一九六三年十二月三十二日

鮫（シャーク）！　鮫（シャーク）！　しろがねのB29の排泄のうつくしさ、その
一つが今宵又あたらしいパンテオンを造ったおれたちセ
ブンティーンの工員たちの眼はまっくら叫（くらい）！　叫（くらい）！　な
がれやまぬしろがねの砲身に口含みつつ優美なるボルト
打ち込む唾液も一しょにながれやまぬのだ砲の上にすば
らしい夜勤だったが君たちアメリカの爆撃（ボマ）手達は遂に知
るまいおれたち学徒工こそ地の上に錆釘もて線分Aを作
図し夜半麦を食い満月光下へ逃れて文庫本をひらいたと
きどのような渇きが月を呪うかということを！　つきか
げはくまなくてりて手のなかの、文字だって読めはせぬ
のだ虫のように死ぬ『蠟燭の科学』の活字どもよ月光は
陽のてりかえし鮫の去った海光の美学に満ちて足りておれ
たちは佇（た）つただ佇つ立つ立つ……立ちつくすのだった
セブンティーンだもの

星くずの中より選（え）りて翼を得たり

今宵わが夜空へ置けばいよよ鋭し
今宵わが夜空を統べてつばさ轟き
星かげの薄るるばかり戦うという

孤独な女抄
——朗読のために

ヱホバ言ひたまひけるは人独なるは善からず我彼に適ふ助者を彼のために造らんと。是に於いてヱホバアダムを熟く睡らしめ睡りし時其肋骨のひとつを取り肉をもて其処を塡塞たまへり。ヱホバアダムより取たる肋骨をもて女をつくり之をアダムの所に攜きたりたまへり。アダム言けるは此こそわが骨の骨わが肉の肉なれ此は男（イーシ）より取たる者なれば之を女（イッシャー）と名くべしと。　創世記

1　ブランコ

ゆうべブランコに乗った
ゆすればゆするほど
からだがシンとなった
一本の棒になって星空へ飛び
砂へ突っ込んだ
砂が一せいに囁いた
〈ひとりぼっちの女はいない
ひとりぼっちの女はいない〉

ざわめいてゆく花の群ひとすじの視線がそこに突きささるとき
揉まれつつ夜へ入りゆく新緑のさみどりの葉のねたましきかな

2　手の習作

さきほどまでギターの絃をもてあそびいまは弄ぶ魂ひとつ
幸福の影をひく指青年が明日火星から着くという噂
あかつきの光のなかに置かれたる一束の手を買いにゆくかな

3 かがめる女（ひと）に

嘗てこの　大地に向きて　ふかぶかと　額づきしかの
太陽の　子らのごとくに　今はする　能わじと知れ　月
よみの　光ひとすじ　脇腹に　流れて注ぎ　働きし　苦
しき今日を　こころよき　昨日とやせむ　せめきたる
声はもあらず　背をはしる　鞭もきこえず……
〈だから立ちあがって股をひろげて立ちインディオの闘
いの唄をうたうんだ〉

千人の片眼の王と
千人の全（また）き眼の王
ここに闘（あ）えりき

たたかいの終りのしじま
ことごとく盲目（めしい）の王ぞ
たたなわりける

4 また、かがめる女（ひと）に

まだ信じ切れないでいる　あなたから一頭の馬がとび出
したのを
馬　わかい縞馬がいまうしろから近づいてくる　何かに
怯えて
なにかから逐われてつよく啼きながらあなたをよぎるそ
の泡立つ歯
守られてあるやすけさを憎むとき眼をあげて見よいなな
く馬を

5 仮面

さねさし　さがみの小野に　燃ゆる火の
火なかに立ちて
炎のなかで
あなたは知るだろう　まくれあがる情念の裾について
ふりあげられる政争の鎚について　ひとりの孤独がふ
たりの孤独にかわる迅さについて
さがみの小野の　燃えあがりもえひろがる野火の　火群（ほむら）

のなかで
ひとつの仮面を脱ごうとするあなた
のなかで炎上する白い城　崩れおちる厚い壁
火はせまる　言葉をさがす
火(ほ)なかに立ちて　いま
なにを問おうとするのか　わが肉の肉　骨の骨よ

さねさしさがみの小野にもゆる火のほなかに立ちてといし君はも

（『眼底紀行』一九六七年思潮社刊）

歌集〈天河庭園集［新編］〉から

死者が行く

向うから自転車を漕いで来る若いのをよく見ると、死んだアイザック・Kなので、

かたときもやまぬ光の照り透る国の彎曲を死者で通るとは

と囃(はや)せば、いたって真面目に、

思想の戻り道に出てみたれば針(はり)・春(はる)・晴(はれ)の斑猫(はんめう)の背に詩(うた)ぞしぐるる

と返すのであった。

安保の年の夕まぐれ、かき寄せる、言の葉どちの深さかな〈運命のつたなく生きて此処に相見る〉

と挨拶して過ぎた。

ふと小馬おろしの吹きそうな夜だ。雨乙女ザムザム、Kのあとを追ってひらめく。

月光革命へ

見えぬ百色のテープを未練と切り捨てながらバスストップを発つバスは一枚一枚の硝子をしっかと金属の歯に抑えこまれふるえつつひかりつつ
バスは船
見えぬ百色のテープは窓のそとをもとな流れゆき流れのなかに小さい悲しげな微笑がうしろへうしろへと咲きつぎながら流れながら闇はふかまりつつやはり
バスは船
激しくきしり呼鈴は機関部と主檣を呼びかわしつつ宵闇を　ずたずたに小さな船客たちをつらぬきわたしは厚い丸い金具にはめこまれた硝子をあえて言えばがんじゃんと眼で破砕して女どもの胸につき刺さる尖鋭なさよならを言うのだ
明日逢うのにわたしたちは夜ごと宵ごと一夜一月（いちげつ）下（か）の航海へ出たのだった
バスの船で

遠くが見えない

弑される性のよろこび奔騰する不器用なうらごえの唄のそこを静かにくぐり抜けては母をかえりみるまばゆいばかりの子供たちの皮膚の照り母胎からなぜ子が生れ思想が娩（ひ）き出されないかとたずねる道の遠さとおい山々が午後五時まで真青な民族の夢をたたえてもはや父性を許さぬ川を幾筋となく地下へ発射するとどろきの真直ぐさは跳ねあがるくらやみの驚きとはじらいと妖しい笑いのまじり合う股と腹のふくらむ限りないナチの攻撃を素裸でまっているふかい谿の傾斜を辷るもはや右翼でも左翼でもない涸れた叫びとおらびとたけびとあけび！　そらまめまいた、はたけにまいた、はるからなつへ、しげらせる、充溢光。内発するそら豆のイデオロ……あけぼのの公分母一九六〇六一五によって割られるうらぎりの分子団によわよわしく警告する鉄の翼を下から見上げている嬰児的な眼差しに留意せられよ

牛

――ドクター島、牛の心臓が欲しいんだ
――あげるからいらっしゃい

わたしは出かけて行った。そこで牛が死ぬのを見た。牛、台上に居る。とてつもない天井の高い部屋に四五頭並んで坐っている。充血した眼、深い蹄、薄桃いろのしっぽ。左頸動脈の上がきれいに剃毛してある。粗衣の青年が出て来て、半月刀を一閃！　放血開始だ。噴出する血の中へビニール管をつっ込む。しばらくして低い地にしむうなり声を発する牛の、波うつ腹。刀ふたたび一閃、頸静脈を断ち、ここへも一本管を挿し込む。そして静脈から生理的食塩水を灌流する。心(しん)の死ぬのを防ぐのだ。太い頸から台上へ垂れて行く血の幾すじ。腹壁の動きの巨きさにおどろいていると、蹄の角質の無情さがきわ立ってくる。無力感に満ち、二百リッター、六箇の大瓶に血を採られてゆく。青い眼・白い舌、ビニールにおおわれた東北産四歳の乳牛は、いままさに、接種流行毒の最頂点に在って咳き、喘ぎ過熱し、肺間質はめちゃめちゃなのだ。六つ目の大瓶の満ちたるは、即ち彼女の死を意味する。青年がよりそい眼瞼反射の消滅をたしかめるためランプをかざす。ビニールが除かれ、かつてホルスタインと呼ばれた物体がそば立つ。

――結核はないんですかい
――ないね、当節すぐに薬殺しますからな、肺炎はあるよ、時々。

隣室への扉が、左右にゆっくり開くと、色シャツ・トレパンの四人の闘牛、いや屠牛師が、口笛吹き吹きジェリー藤尾然とあらわれ、まず、床に充分に水を打つ。腰に短棒、手に剝皮刀のいでたち爽やかに、死んだ乳牛の右前足・右後足に鎖をかけ、ウインチで高々と吊る、その音のすずやかさ、拡げられた牛にあつまる四人のうちの一人が、顎の下へ一発！　血がゆっくりと垂れしたたる。咽喉をひらき体正中をすすむ刃、そのとき四つの胃の一つから鼻へ戻る朝食の草！　手ぎわよく、四つの刀と棒でくるくると剝がれて垂れる皮膚、水蒸気と臭気がたちこめ、わたしは倒錯した性の衝動に叩かれはじめる。肉の谿間にかげが落ち、皮は蹄のめぐりに落ちてゆく。

——放血死だからね、血はたんとは出ないや

赤いなだれの底のうすい血性の湖を汲むのはバケツに限るとみえる。巨大な真珠のような長骨頭、そして胸骨が割られ、胸腔のひらく瞬間、さあっと退縮してゆく肺をみることができる。大気が入ったのだ。いまは一握の肺にすぎぬ。眼をあげると、まるで屋根だ、肋骨宮殿の。紫の、銀の筋膜(ファスチア)にかこまれた、ふるさとの山塊の流れを見よ。

——これが乳房の中味だがね

とジェリーの一人がぶよぶよの乳腺群を蹴ってみせる。やがて、又、しきりにウインチが鳴り、聳立する脚の塔が倒れおちる。

——肺をいためるな、心臓が欲しいんだってよ、この
　先生は

こいつらはまだ下手なんだとドクター島は呟き、牛のへさきへ廻って行く。濡れた鼻、ひるがえる舌がその岬にある。胃内容が運び去られ、断頭された巨船は、竜骨のがらんどうのまま水びたしになって横たわる。ふと、床に棄てられた胎児を見る。毛細血管の美しい網の目で化粧している暗い藤色の玩具の犬か、舌が見える。ヘソの緒の太さよ、柔い蹄のいたいたしさを見下しているとき、

——睾丸(たま)があらあ

と言って過ぎたものがあった。蒼白に興奮し、肝腎の心臓をもらい忘れて、〈タンの美味さ〉などとさんざめく人間界へ戻って来た夕まぐれ、諸欲絶無だ。

見よ、束の間の

見よ、束の間の指もて梳き、髪に掻き刺し
わたくしの仮説は聳立する
わたくしの腸(わらわた)は戴冠する
下腹をうつるいたみに耐へながら他者叫喚の下へ出かけ
て行く

三つの太陽

一つは天空を走る
一つは父母の眼にかげる
のこる一つはわが心を焚く
三つの太陽にまつわる神話をねぢつて立つてゐる
女よ
苦しみを遠ざかるたび苦しみの顔見えて来てまうらがな
しも
たひらぎはかくのごときか目覚めたる闇のいづくにも乳
房は憩ふ

（『天河庭園集［新編］』一九七八年国文社刊）

歌集〈中国の世紀末〉から

鬼城にて

若いころわたしは此の国を旅したことがあった
たとえばエドガア・スノオの翼を借りて夢の中を一瞬の
　うちに
その旅はたとえようもなく愛にちかく
信心のようにからだの芯を通った
いま長江左岸豊都の街を足早に
観光名所の山寺へ向って歩く
ああ現実は夢よりはるかにけだるく
行き合う農夫は浦島をみる目つきをする
人生の往路と還路　景色はどうせさかさまさ
そう言ってすむほどあの夢は浅かったのか
山門まで急峻な羊の腸（はらわた）が続く

「はやく！」と叫ぶ声に眼をあげると
汗のなかを芙蓉の花が泳ぎ出し
眼前に迫る〈此冥府也（これめいふなり）〉金の大文字

長江をして安（しず）かに流れしめよ

流れているから泥もうつくしい
太陽は直下に水を抑えて離さぬ
若い川がいくつもこの老夫人に
清い土霊を贈ってよこす

長江は簡素な音楽だ
洞庭湖はいり組んだ修飾音符
船がよこ切ると
曲がかわる

さしあたりわたしは水に飽いたので
軽舟をあやつる漁夫ばかりみていた
淡い緑の網をふるって孤独だ

網があがっても魚は見えない
あれはたぶん泥の詩（うた）に
節（ふし）をつけているのだ

點心

「點心」という日本語は存在しない*
「早晨の少食をもって點心となす、唐よりすでにこの語
　あり」
中国唐代の人は「少食を心胸の間に點（とも）す」と言った
要するに――朝夕（ちょうせき）二食の間の軽い食物だ

添乗員K氏が鋭い中国語を発すると
批評家は急にいなくなる
食べる人ばかりになる

麺、餑々、粽子、月餅、餛飩、包子、饅頭皆これ點心

上海の朝粥と
重慶の辛い夕餐のあいだ
わたしの心に機内食の紅（こう）が點（とも）される

一日の午（ひる）に
晨（あした）をふりかえり暮夜を眺望する
ひややかな時の祭（まつり）

＊『城壁』小宮義孝（岩波新書）

長江讃　一

肌にさわるように
波にふれている桂の櫂
水位が熱くなってくるのがわかる
つながれた小舟は一せいに縦揺（ピッチング）れしている

長江讃　二

葛洲坝（かっしゅうは）ダムの調整をかいくぐって
自然は飼いならされまいとする
指のあいだに息づいている
無数の水の乳房

北京　一

帰ろうとして
青銅の犀が目にとまった
荷の中に加えるには
「優しすぎる」とだれかが耳打ちする
かまうことはないさ
動機はこころの内壁に沿って動く
北京の裏街の小さな歴史を担った
蒼古たる錆の器（うつわ）

透明で「無為」に満ちた
癒(いや)しの旅だったともおもうのだよ
だから余計(よけい)に

一匹の重い鎮石(しずし)を
中国の闇のなかから
そっと拾って来たかったのさ

北京　二

や
中国共産党大会が終った
ま
あともどりしない背広にタイだと
む
万葉学者夫妻と万葉集は俵万智だと話した
く
秋のおわりのにわか雪を賜(たまわ)った
さ
すべてこの世の宴(うたげ)のように寂しく
う
なんと騒々しく　サヨナラ再見
あ
仕事が仕事が仕事が仕事が待ってるぞ

（『中国の世紀末』一九八八年六法出版社刊）

組詩〈天使の羅衣（ネグリジェ）〉から

良い習慣

つまむ鼻　曲る口　また　つねる爪
二階まで来て呉れと叫（よ）ぶ黒猫王子
昨日の夕日夕窓の内がわの妻
「われこそは益（ま）さめ　み思（おも）ひよりは」とぞ迫る芝居もど
　きに
〃主人（たく）の車（くるま）はエンジン音でわかンのよ〃
曲って登る意識の坂のけわしさの
〃幸福のなる樹はふかく不幸のなる樹〃
男のつくる晩飯（ばんめし）を待つ間の庭の水撒き

　淡い月が射したら
　潔（きよ）い眉を剃ったら
　やり切れないったら　老（ふ）けの真似

鼻の下にヒゲ　ヒゲの裏に口　口の中の飴
いかならむ小路（こうじ）といえど
坐して詩を売る

模擬「優しき歌」[*1]

風がアラセイトウの花[*2]を濯いでいる
美しい〈コト〉から繊（ほそ）い〈マコト〉を
揉み出してみせる時代　それは
告げないで去って行った〈オトコ〉の時代
水がカルガモ[*3]の羽根を洗っている
とぶことのできる〈カタチ〉にさえ
飛べない確信を植えつけてみせる　あれは
チリ紙交換車へ幸福（オトコ）を払い出した時代
〈再読を強（し）いる〉[*4]詩歌がどこにある？

再遊はせぬ名所のサクラ
ちちははは顔分（わ）かぬまで遠のいて
花と鳥　戦争ぐるみ縫いぐるみ
わるい時代を⁉　生き抜いて⁈
来て⁉

＊1　ああ、立原道造
＊2　見たことない花
＊3　会ったことのない鳥
＊4　カフカについて言ったA・カミュの言葉

浮島の

夢の逢ひは苦しかりけりおどろきて掻き探れども手にも触れねば
大伴家持

浮島の
夢の逢いは
なめらかにフラれる

流れ藻の　成人式（イニシエーション）は「実存条件の根本変革」？
「掻き探」る指のあいだを逃げて行く
ポンポン蒸汽の青水沫（みなわ）
愉快な恋なんてどこにもありゃしないが
それにしても　ないよなぁ　あれは

口笛はほそくみじかく
パゾリーニ風に淫猥
背中あわせの

もしあの日雨だったなら
あまがさのワイン・カラーの
遠ざかりゆく

屍体には

屍体には冷えていく速度がある

ゆったりとつめたくなって行きたい
なんて思ったって　それはご無理
色恋のあおざめていく迅さみたいに

性戯といい愛戯と呼ぶが〈たわむれ〉
でしょうか　あの疾風怒濤は
小説を教科書にして育ったにしては
肉欲の肉って字がイヤにうすぎたない

「見せ消ち」の一字を「恋」と読むべくは
　あまりにはやく
腐つ　こころは、ゆがむあけぼの

二十にして心朽つほど純ならず
　柑橘をもて
屍臭をはらへ、腐臭を覆へ

（『天使の羅衣』一九八八年思潮社刊）

歌集〈神の仕事場〉から

北川透邸訪問記・他

I

五月廿二日北川透こと磯貝満教授の肝煎りにて梅光女学院大学に招かれ現代短歌につきて講演す。大学は山口県下関市北郊梅が峠にあり。学長佐藤泰正氏。会の後一学生の問ふあり「短歌がつくれなくなつた時どうなさつてゐますか」「どうしやうもねえんでせつせと迎へ水送つてポンプ動かしてらい」迎へ水は言葉遊び、すなはちアクロスティックにて北川透を呼び出す。もしもし……。

きびきびとわれをうながす言葉あれ順はむかな海の流れに

タッチの差にて敗くるとも銀はつひにしろがね椎の葉う

らの
格調たかき演舌のあと出てしやべる卑俗平明チャリンコ
談義
「はた　ことごとく忘れゆく」のがこれの世の常なる水脈(みを)のつかの間の色
途上しばしば斬り合ふごとき音のすれまた木下闇たどる
くるまに
ほのぼのと梅の香りのにほふまで友はもとより散文詩人
累坐(るいざ)してなほくやまざる境界ぞ良識の川さかのぼりゆく

2

暮春、俳人座晴洲(すわりせいしう)と一しよに点取り占ひを引く。8点「ヨットで太平洋を横断しよう」とある。やはり、やはり、やはり！　北川透を探して、ヨットすべきなのだ。

麦秋やとほくこころを焚きにゆく　　晴洲
夏ばらのごときを沖に置けば凪(なぎ)
麦わらはたばねて潮にゆだねたる

3

家は声
家は形
夕まぐれ家々は涕(な)く
のではなからうか
北川透の新室(にひむろ)は毛利五萬石の城下町長府のうら山の中腹
にあつて当然わたしは
わたしたち五人で行つたのだが　五人？　いやさひとり
だよ深くひとり
新室の窓から眺望する馬関海峡の夜景をひとり臓腑の空
洞に引き入れて見てゐた
北川さん　家つて何なのでせう

新邸の庭にはひろく白砂が張つてあつて植樹はこれから
だといふことだつたが
きびしいよ
きびしくないよ
家つて声ぢやないんだ
形でもないさ
家つて女だつて言ひたいんだろ
あ
フクが跳ぶよ
門司の灯（ひ）がみだりがはしいよ

＊下関では河豚をフクとよぶ

反歌

土塀ある乃木さんの町うねうねとタクシー右に左に荒し
船舶の峡湾を航（ゆ）く気配のみさびしきときに訪ね来たりぬ

4

下関へはしらぬひ筑紫まはりで行つた。羽田から博多へ。
一たん突端へ出てから白髪（しらが）なびかせて逆行するあと戻り
感覚の途上北部九州の山系に再会した。一九七〇年代初
め響灘沿岸の寒村に棲んだ歳月が妙に口惜しく思はれて、

海峡の夜景は玄海のいさり火に重ねられた
破線で綴られる人生つてのもあるんだ
空白は詩行のあひだばかりにはない
（机上のアルコホオオ……ルがいやに遠い）

なぜだあの生殖のはてに一箇の家を産んだのは
ああ白い遁走ののち大きな朴葉のやうな黄金を
掌に溜めたと思つたのは単に夕映えの詐術だつたのか

饒舌は引きさかれよ
（巨船が潮を泡立ててゆつくり過ぎる）
穏やかな老年

それはないな　それは

駅長の逃亡?
駅の消滅?
(対岸の灯（ひ）がやけにまたたく)

5

晴洲また点取り占ひを引く。「悲しかつたら大声でなきなさい」。1点

山陰と
山陽の
マージナル
眼の下に
潮迅き
駅（うまや）かな

われらまた
詩の史（ふみ）と
歌の史（ふみ）
まじはりて
すれちがふ
駅（うまや）かな

駅（うまや）あり
馬あらず
あまつさへ
此のわれは
うつりゆく
駅（うまや）かな

晴洲しつこく点取り占ひす。「流行歌ばかり上手になつては困るよ」5点。

6　困惑する地名に同情する十四行

地名は索（ひ）かれすぎる
引かれてたまる地名を
会話の間（あはひ）へ差し込めば

やはらかく鞘に圧される

ぴつたりと巻かれて
地名は困る
唐戸は唐津ではなく
馬関に蜜柑はならない

博多はあしたの宿泊地にすぎず
梅が峠に差す
紅白の梅のかがやき

地名が次々に展いてみせる景観が黄昏の世界そのもので
　あつてどうしていけない？
長府浜浦の急坂は
下つてから登るのが礼儀だ

7　旅の終りに

落ちのびてなほ燦然と初螢　　晴洲

まくなぎや失地のごとく蒼き天

夏の日の鯉は水辺を厚うする

五月廿三日曇天。博多天神ビル十一階にて講演。「人生の視える場所」とはイローニッシュ。さまざまに感想あれど、磯貝満をアクロスティックするにとどむ。

いちぐうにほんだな貴くとほきひのとよはしのよをふたたび見しむ

そのひろきだいがくに来てぶんがくは悪のしわざと説きたるあはれ

かもまつりすぎにつらむをみやこにはみやこのてぶりひなにひなぶり

美名ほしがる倭じんらのうようよとむらがるなかに名こそをしけれ

みとがめてなに胎（はら）むやととひたまひたるはあるいはじしんにんしん

つらつらにつゆいりまへのみなとまちあさのうをいち見ずてさりゆく

類はまた種にこまごまとわかるともつひのすみかのあらずかもあらむ

（『神の仕事場』一九九四年砂子屋書房刊）

詩集〈月の光〉から

厄除けのための短章

噂

噂を信ずるなら
あなたのいつもみる夢の中にわたしがゐるのである
あなたの夢のなかのわたしがみる夢
のなかのあなたはやはり夢をみてゐるのであるから
夢からさめたあなたはわたしの夢のなかにほほ笑み
その夢からさめたわたしはあなたの夢のなかにほほ笑み
たがひに夢をみあつたり覚めあつたりしてゐるので
双子の夢とよばれてゐる
わたしはこの噂を信ずる

神の指

わたしが着いたときの大きな驚きを思ひ出せ

わたしは予期のそとから来た
犬と戦つてゐた　ながい棒を　思ひ出せ
青い船から降りて来てお前をつかんだ指を　思ひ出せ

風の力で

あなたの今のこころをことばにして下さい
昨日のそらをもう一度みせて下さい
こどもの時のあの黄昏の風の力で
わたしの欲望をやはらげて下さい

愉快な仲間

愉快な仲間がゐないことが鉄則
涙の河におぼれてゐることが鉄則
知るより先に感じることが鉄則
西久保三丁目を馬にのつて走り抜けながら
老いた　武士　は一瞬　鉄則に鞭打つてしまつた

卑怯者

卑怯が美徳であるやうな細い街に住んだことがある
ひとびとはならうとするのだが卑怯にはなかなかなれない
井戸端で水を使つてゐると
うしろから突如斬りつけられ申した
美徳の誕生したうるはしい朝

スケッチ帖

そのスケッチは拙かつたので彼女はちよつとわらつてみせただけだつた
男はしかしけつこう満足してゐるらしかつた
まんぞくしてゐる男をなにもがつかりさせることはなかつた
男はさらにべつのページをひらいた
そこには猫らしいものが線だけでかいてあつた
なにかしらね　それ　と彼女はゆきがかり上きくといつたかんじできいた
むかし殺したんだよ　と男は言つた
その横には牛がかいてあつた
それは　ときくと

これもむかし　とすこしためらつて　死んだんだといつた
この犬もむかしゐて今ゐないんだ　といつた
羊
豚
猪
鼠
つぎからつぎから出てきた
死者だときいたらいやに精妙にみえてきた
ほんとは猫だけなんでしよときいたら
大慈悲だつたんだよと男はうつむいた

夏休みに入つた朝

研いだばかりの包丁が滑り落ちて
あなたは足の指の靭帯をいためた　と聞いた
もの皆の湿気にゆらぐ梅雨の夜の
一瞬の出来事だつた　と
石器から原子力まで
利器はいつだつて凶器になる
たとへば切れ者への期待のうちに
怖れがひそむやうに

けさ　夏休みに入つたばかりの鴨川べりを
見覚えあるジョギング姿が遠ざかつていく
傷は癒つたんですね　おめでたう　よかつた

あの夜あなたに裂かれるはずだつた深海魚の
鰓のやうな雲が
一日の炎暑を予告して血を流してゐる

朝影に

拝啓。とても眠かつたが、午前四時に起きて、君あての歌を作つた。ホテルの机といふのはモノを書くやうになつてゐないことが多いが、その違和感がかへつて新鮮ですばらしいメッセージを書かせた、ことにして置く。見せないうちは自讃するのさ。

　書きあげて朝の窓から広場を見下ろす。三人のロシア人が玄関にむかつて歩いてゐる。かれらの影は長くのびてゐる。かういふのを万葉の歌人は「朝影(あさかげ)にわが身はなりぬ」つて言つたんだよね、恋の悩みに痩せ細つた身をなげいてさ。ところで、ロシア人たちの影は朝影にしては細くない。もう日が高くなりかかつてゐるからだらう。それとも、イワン・イワノヴィッチも、アントン・チェーホンテもワシリー・ワシレフスキイも皆、太り気味なのか。

かれらはポケットに、ぼくへの贈り物をしのばせてゐるんだ。

イワンは畑でとれた馬鈴薯を。
アントンはジャック・ナイフを。
ワシリーは小さなロシア暦のカレンダーを。
もつともどれも、ぼくを経由して君のところへ行くんだけど。ぼくの歌を添へて。

石だたみのデザインが美しい。模様がちがふごとに、その場所の機能がちがふのだらう。三人は今、広場の、いはば中央と辺境のあひだを歩いてゐる。そんなことすこしも意識しないで、ね。

石だたみに、影をおとして飛んでゐるのは、今日のあけがた、かしましく鳴いてゐたクロツグミのやつだらう。さて、そろそろ朝食の時間だ。ではまた。

(『月の光』一九九七年砂子屋書房刊)

詩人論・作品論

カーヴすることばの向こう側

北川 透

実はわたしはヒトの死体に、自らの手で触れたことがない。母や兄の死に際して、その身体に触れる、あるいは触れなければならぬ機会はあったが、別に忌避したわけでもないのに、その時のやむをえない事情があって、そうしなかった。

ほぼ、二十年前（一九八八）、岡井隆が佐々木幹郎と組んで出した共同詩歌集『天使の羅衣（ネグリジエ）』の中に「屍体には」という、〈十四行詩〉がある（詩集『月の光』に再録）。その冒頭の二行が、あとあとまで印象に残るのは、そこには屍体に触れている人の感覚があるからだろうか。そのあとに展開する詩行の方が、より刺激的なのだが。

屍体には冷えていく速度がある
ゆったりとつめたくなって行きたい

（「屍体には〈十四行詩〉」第一連部分）

一行目は、長い内科医の職歴のある岡井さんの、いわば観察者としての眼というか、触覚を感じる。普通はこういう場合、速度ということばは出てこない。しかし、二行目になると、眼差しが自分を屍体として眺める（感じる）眼に転換する。そこでこの場合の屍体が、死に浸透された自己の生、あるいは生きる身体そのものということになる。翻訳すれば、ゆったりと平穏に老いながら朽ちてゆきたいという、ある意味では誰もが心の底に抱いている願望が表明されている。しかし、この作品はそんな願望に反する《肉欲の肉》の暗渠を、細く切り裂いて見せるところにある。それは《性戯といい愛戯と呼ぶが〈たわむれ〉／でしょうか　あの疾風怒濤は》という第二連の詩行で暗示される。

誰にも死は訪れるが、それはひとりの死である。むろん、戦争や暴力、災害、物理的な事情で消されたり、隠蔽されたりする事はあっても、本来、どんな集団的な死もひとりの死である。それは誰の生も、ひとりの固有の時間の形式を持っているからだろう。この詩も若い頃から自分の身体に潜む《肉欲の肉》を、屍体と感じる固有の生（性）の時間を通して書かれている、と見ることもできる。

二十にして心朽つほど純ならず
　柑橘をもて
屍臭をはらへ、腐臭を覆へ

（「屍体には」終連（第四連））

この真ん中の一行《柑橘をもて》を省略して、前後の行をつなげると短歌のリズムが現れるのも面白い。二十歳にして、すでにわが肉の屍体が放っている屍臭や腐臭を祓え、と言っているのである。具体的なものが何も見えるわけではないから、私小説的な理解をしてはならないが、ここには岡井隆の詩を読む時の、一つの鍵が隠されているような気がする。

生は屍体がひえていく時間の形式を持っている。しかし、逆に言えば屍体は生（性）の時間の形式を持っているために、真っ直ぐに死に到達しない、ということでもある。誰の死も、必ず、ひとりの死でありながら、わたしたちは自分の死を体験できず、自分の死を理解できない。自殺であろうと、他殺、病死、事故死……であろうと、死を規定しようとすると、死は常にそれからはみ出して彼方にある。だからこそ迂回して、死を生（性）の時間の形式で考えようとするのかも知れない。あるいは、死を詩の形式として……。岡井隆詩集『限られた時のための四十四の機会詩 他』について、幾らかの読解を試みようとして、過去の詩「屍体には」に触れることから始めたのは、この新詩集の冒頭の作品が「死について」だったからである。

死つて曲がることとなんだと声高に宣言して遊び
曲がり切らないうちに向うから来る　と言つて遊ぶ

（「死について」1の部分）

〈死〉はここで人の死だけを指していない。ことば、うた、物語、人間関係など、あらゆる死が隠喩化されている。だから〈死〉の中で詩が木霊している。〈死〉は見えないが、内にも外にも遍在あるいは散在している。それらの死へ真っ直ぐに行けるわけでもなく、まっすぐ来るわけでもない。それはカーヴして来る。迂回しなければたどり着けない〈死〉は、詩を引き連れている。《死はうたでいへば結句。初句かも知れない》し、辞世の句を一年前に、作って置いた正岡子規だって、《ずゐ分ゆつたりとしたカーヴを画いて》《曲つて行つた》。そこに遊びがある。

この詩集のタイトル自体がすでにカーヴしている。《限られた時》とは、どういう時なんだろう。詩を書く機会が限られている、ということだろうか。自分の、あるいは〈あなたの〉生の時間が限られていることだろうか。いずれにしても、限られるとは曲がるということでもある。また、なぜ《四十四》なのか。むろん、それは〈機会詩〉の篇数だろう。機会詩と名づけられている作品は、すべてが書き下ろしである。二〇〇七年八月十六日から九月十五日まで一ヶ月の間に、毎日、一、二篇が書き継がれた。雑誌初出の形を経て収録されている冒頭の四篇は、機会詩と区別されて《他》とされている。機会詩はおおむね十四行詩（ソネットの形式）であるが、定型詩一篇と散文詩一篇が混じっている。四十四と言う数字には、冒頭四篇と十四行詩の篇数が掛けられているのか、と思う。そして、四十四には様々の死と詩が折り畳まれているのだろう。

《機会詩》も辞書的に理解すれば、儀式・慶弔などの機会に、眼前の事象に触発され、その場の感慨を歌う、ドイツで発達した詩の形態（『大辞林』）のことである。それが意識され、その意味が変えられ（曲げられ）ていることは、ゲーテが若い弟子に与えたことば《「わが詩はすべて機会詩である」》が引かれ、その機会詩に《ゲレーゲンハイツ・ゲデイヒテ》と、ドイツ語のルビが振られていることにも示されている。もとより、ここには文字通りの儀式・慶弔の機会に作られた詩はない。と断言して、いくらかこだわりが残るのは、後で触れる「雨しぶく道」という作品があるからだ。ただ、その詩が生み出される背景、生の場所にはそれが強く作用している事は、後註にあるように、《二〇〇七年八月はじめ岡野弘彦氏の後任として宮内庁御用掛となることが内定し、……九月十五日第四十五回藤村記念歴程賞受賞の通知があつた》期間に、正確に対応していることに明らかであろう。つまり、儀式・慶弔など公の場から、ひとりの場へのカーヴしたところに機会詩は見出された（と言えるだろうか）。

それはどんなひとりの場なのか。《私は睡眠と覚醒のあひだの短い時間を詩作に当てた　つまり睡眠→詩作→覚醒の順だ　睡眠はときに午睡でもあつたので／鉛筆に濃淡のある昼寝覚（隆）／机までよろめいて行く昼寝覚（同）／といつた発句が生れたのだつた》と、「機会詩について――あとがきに代へて」では書かれている。これはまた不思議な文章である。いちおうそれには機会詩の自註や「あとがき」が仮装されている。しかし、句読点抜きの行分け、行空きの書き方から見れば、四十四篇の外にはみ出した番外篇の機会詩とも読める。それに《睡眠と覚醒のあひだ》とは、含蓄のある言い方だ。〈ひとり〉が眠り込んでいる公と、理性の支配する覚醒との間の、粗野で野性的な無意識の働く時間とも読めないことはない。その《あひだ》こそが詩の時間だからである。やはり、ここに書かれている、詩人が昨日見たという福島潟の《大白鳥や大菱喰の群》。それらが《葦のあひだの浮寝から覚め》《粗野な時間をつかんであちらからもこちらからも群らがり翔んだ》イメージこそは、これらの機会詩の飛び立つ姿ではないのか。その鳥たちの啼き声は美しくなかった、という。それはまさに機会詩が、美や抒情を目指していないことへの、いわばはにかんだ、しかし、自負を込めた表明であろう。

わたしはここまでこの詩集のタイトルが孕んでいる、一筋縄では捉えられない、幾筋もの織り成された曲線について、推測を重ねてきたのだった。それにしても、なぜ、十四行詩なのだろう。岡井さんがこれまで潜り抜けてきた主要な修羅場は、言うまでもなく短歌であった。その短歌の横で、いくらか力を抜いた余技として詩が書かれたのではない。ほとんど毎日、一、二篇、このようなレベルの高い詩が、いわば締め切りもない状態で書かれたのである。ある決断をもって、十四行詩は選択された、と受け取るほかない。もとより、出来事、機会

（場）、物に触発されてことばが立ち上がってきている。しかし、そのことばの動く回路にある意識は抒情でも感慨でもない。自省へとゆるやかにカーヴする思考であり、書きながら、書かない（書けない）容量を巡ってカーヴする批評性である。

立原道造のソネットを想起するまでもなく、十四行詩の詩型は抒情詩に相応しい（と思われてきた）。その近代詩の常識を迂回して、岡井さんの十四行詩が機会詩として成り立っていることは、やはり、何事かを語っている。言うまでもなく、十四行詩といえども自由詩である。自由詩は、音数律の定型を持っていない。しかし、あらかじめ行分けとともに、決まった行数を前提にして書く場合、当然、そこには緩やかな定型の意識が入るだろう。そもそも岡井さんが十四行詩を書いたのは、この詩集が最初ではない。一九九七年に出された、詩集『月の光』から一篇、「屍体には」を、わたしは先に引用している。その例にも見られるように、この詩集の詩篇のほとんどは、これまで刊行された歌集の中の詩の試みが集められたものだ。そこに定域詩、散文詩、行分けの短詩などと共に、すでに十一篇の十四行詩が収められているのである。つまり、十四行詩はすでに岡井さんにとって、いわば実験済み？の詩型であった。定型の詩人、すなわち歌人である岡井隆にとって、緩やかな定型を持つ十四行詩は書きやすいのかもしれない。しかし、十四行詩の選択は、単に書きやすさだけではないのではないか。とひとまず疑ってみるのである。次の「嘘」は「四十四の機会詩」の冒頭の作品。

嘘は沈黙との間に谷をつくる
嘘は真実をいはぬこと
ではない
嘘は多彩　しかし真実に色はない

人と人との肩のふれ合ひの
その向うに紅葉をみる
花をみるより多く紅葉をみるが
花も紅葉も色がある

手紙を書き泥(なづ)んだ
指は字を忘れ　字を打ち消した
窓が曇りを教へる午後の

はかない外出を送り
未完の帰宅を待つ
嘘でもいいから　平穏に生きたい
（「嘘」）

ことばが何ものかを明確に指示しないレベルで切り揃えられている。婉曲法、あるいは曲言法の話法が採られている、と言ってもよい。ここで話者が何を嘘と言い、真実という語で何を指しているかが分からないからだ。わたしたちの社会のモラルから言えば、嘘と真実とは明確に分けられなければならない。これはそうした常識への違和がなければ成り立たない発語だろう。しかも話者は、嘘が花や紅葉のように幻惑することに言及せざるをえない。嘘は多彩。真実は無色だ、という。これは八月十六日の日付を持つが、同じ日付のもう一篇「夕ぐれの自分」には、《今からどこへ行くにしても／嘘の八(や)ちまたをまたぐことなしには／夕ぐれの自分の中へ帰れはしない》の四連目（終連）がある。なぜ、手紙を書き泥んでいるのか。なぜ外出がはかないのか。自分への帰宅が不可能なのか。通路に張り巡らされた嘘の向こう側に何があるのか。それは分からないが、ただ、平穏でありたい、つまり、《ゆったりとつめたくなって行きたい》（「屍体には」）という願いを裏切って、平穏でありえない生（性）を抱えている話者の孤独が映し出される。

　前の詩集『月の光』に収められた、いまから十六年前の十四行詩「海峡の夜景は」（「北川透邸訪問記・他」）は、わたしにとっても個人的な思い出のある作品だが、そこに《穏やかな老年／それはないな　それは》という、思いがけず、岡井さんのナマに近いことばの露出があった。この詩集でも、もとより作品の傾向は多様で一概には言えないが、平穏ではない、欠けた小石のような突き刺さる語……不穏な気配は詩集の到る所に漂っている。「刑徒の日課」という作品がある。聞きなれない語だが、刑徒とは、刑に服している、いわば罪人のことである。第一連は《刑徒の日課》が、《熊を連れて》《細長い遊園を並んで歩く》ことにあるとされる。

わたしは素手で熊を連れる
いつ胸腔にかれの牙がかかるか知れない
眼が毛に没してゐる恐怖
（「刑徒の日課」第二連）

どんな刑に処せられたのか。いつ襲うかも知れない凶暴な熊と、毎日、連れ立って歩かなければならない。その刑罰の向こうに何があるのか。それはわたしたちには隠されたままである。岡井さんにとって、十四行詩、いや、機会詩とは、向こう側の、たとえば平穏でない日常、恐怖の容量を感じさせながら、その扉を開く手前でカーヴする詩の形式なのかも知れない。《詩歌の解説は不可能な道》（「岩を踏む道」）であり、わたしは、当たるも八卦、当たらぬも八卦とばかり、不躾な手を、盲滅法に岡井隆の詩のその何枚もの扉に当てているに過ぎない。

初めにこの詩型の性格をめぐって、幾らかこだわりがあると書いた「雨しぶく道」は、次のような作品だ。

雨しぶく皇居坂下門（さかしたもん）への道
儀礼について説明する式部官
空洞の中へすすむ一歩
つねに前任者のあとへ従（つ）いて

むろん自分の置かれた橋の上
についてすつかり知つてはゐない
あちらでは出る冷えたお茶
昼食のときのあたたかい茶

二人で組んで宮家（みやけ）を回る
蟬しぐれの中の木洩れ日の庭
待たされて　待つて知ることども

本居宣長論の断片を
先任者とかはす雑談の中
車は大きく転回して青山通りへ出た
（「雨しぶく道」）

初めて詩集を手にした時、この詩から何か正体の分からない凄さを感じた。その内に、あることを思い出した。それは今から二十二年前、わたしが編集・発行していた雑誌の特集「アメリカを考える」企画（「あんかるわ」74号、一九八六年三月一日）で、鮎川信夫にインタビューしたときのこと。鮎川さんはとても快活で元気だったが、それからまもなく急死されたのであった。鮎川さんの、おそらく、生前、最後の発言だと思うが、インタビューの主題とは別の脈絡で、とても気になることを言われた。それは日本人のナショナル・アイデンティティに触れて、その上に乗っかっている短歌や俳句に対して、あえて異を立てることに現代詩がある。中曽根康弘が自分の句集をレーガンやミッテランに贈っているけれども、彼が現代詩を書いていたら、そういうことはありえない。これを現代詩の詩人はもっと意識すべきで、《なんかお隣りさんでも見るような眼で、歌人や俳人を見ちゃあいけないんだよ。》《ぼくは現代詩を書く人間は、短歌とか俳句をやっている人間は詩人なんかとは認めない、ということがいえなきゃ、》だめだ（「いまだ発見されざるアメリカ」）、と言うのである。

これはいわば脇道に逸れた発言なので、そのことを巡って、インタビュアのわたしは応じていないが、その当時ですら、違和感の強いものだった。しかし、ここには狭義の戦後詩について、核心に近い本心が語られているのかも知れない。鮎川さんは、むろん、左翼ではないし、政治的な意味で中曽根をけなしているわけではない。ナショナル・アイデンティティに対して、切断の意識のない詩歌を、現代詩として認めないという事を、ここでは少し粗野に言っているだけだろう。しかし、ローカルなレベルのものを別として、戦後のすぐれた短歌や俳句までを、このように一括りにはできないはずだ。紛糾を避けるために、ここでは岡井さんの詩歌に限るが、岡井隆の短歌は、異なるジャンルにありながら、現代詩である。

それをいうためには、現代詩である事の条件から、自由詩の形式をはずさなくてはいけないだろう。しかし、自由詩の形式を持っていても、現代詩でないものはゴマンとある、とわたしは思う。別に、詩も歌も現代詩でなくていいわけだし、そういう呼称自体を拒否する立場もありうるだろう。しかし、あえて現代詩という概念を立てるとすれば、それは現代の社会や人間の問題に、思想や感性が格闘するあり方が、素材やテーマの問題でなく、詩的言語の質や発想、姿勢として映し出されているもの、ということになるだろう。そうしてみると、岡井さんの短歌は、初期から現代社会の課題を、鋭く言語に刻み込んだ思想詩としての相貌すら帯びており、これを鮎川さんの言う意味で、現代詩ではないという根拠はどこにもない。それとともに、岡井さんは一九六〇年代の初めから詩的な実験を試みている。あくまで発表された範囲で言うしかないが、初期にすぐれた散文詩があり、そして、中断を置いて八〇年代に様々な詩型による現代詩の試みがなされた。それは『月の光』と今回の詩集で明らかなように、やはり、鮎川さんの言う意味で、現代詩人であることが、歌人である事を少しも排除しないで成り立っている。

するとと歌人でもある現代詩人が、一九九三年から宮中御歌会選者を務めているばかりでなく、昨年の八月から先任者の岡野弘彦の後任を受け継ぐ形で、宮内庁御用掛になったのである。実は、わたしはそのことをこの詩集の後註で初めて知ったのだが、おそらくこれは、鮎川信夫に象徴される戦後詩の理念の中では、ありえないことではなかったか。戦後の現代詩はこのような事件を、このような十四行詩の出現を予測していない。これは中曽根康弘の俳句のようなものなのか。むろん現代詩なのだ。現代詩が宮中に入った……？

では「雨しぶく道」はどんな詩か。坂下門になぜか雨が激しく吹きつけている。実際に雨がしぶいていたかどうかは、詩の表出のレベルでは関係がないだろう。第三連では、蟬しぐれの庭に木洩れ日が射している。式部官の説明を聞いた後、皇居の中は、どうして空洞と意識されるのか。第二連《自分の置かれた橋の上》とはどこのことなのか。鮎川信夫も長詩「橋上の人」で、《橋上の人よ、／あなたの内にも、／あなたの外にも夜が来た。／生と死の影が重なり、／生ける死人たちが空中を歩きまわる夜がきた。》とうたった。そこにも空洞が出てくる。深読みをすれば、生ける死人たちが歩きまわる橋の上について、まだ《すつかり知つてはゐない》ということだろう。《あちらでは》というあちらは、どこのことなのか。なぜ、そこでは《冷えたお茶》が出るのか。《宮家を回る》のに、なぜか待たされる。待たされて何が分かったのか。終連は、御用掛のご挨拶を終わって、先任者と雑談を交わしている光景。その雑談の中から、《本居宣長論の断片》だけが記された理由はどこにあるのか。

この作品は四十四篇の機会詩の中で、唯一、宮中の公の場面が書かれている詩だ。公が強く作用していても、ひとりの場面しか書かれない詩は幾篇もある。たとえば、男系、女系の皇位継承問題を背景にした「帝国のあるじ」、神話の終焉を予感している「始源といふ神話」、朝日新聞の宮内庁担当記者、岩井克己が皇太子や皇太子妃を激しく批判した内容を持つ『天皇家の宿題』が出てくる「今夜のあやまち」、民族も国も、もう廃品化したコンセプトだという「根拠について」、カリスマも大地母神もいない時代の、儀礼と習俗の中の稲の神について書かれた「稲の神について」などがそれである。迂回に迂回を重ねて、かすかに予感されているのは、天皇制の終焉……？

しかし、「雨しぶく道」の書き方は、絶えず、公の場面を写しながら、ひとりの場にカーヴしようとする意志に支えられている。それがなければ現代詩足りえなかっただろう。十四行詩という定型性が、公からひとりへ迂回することで、公の空洞を空虚のまま書き記すことを可能にしている。むろん、冗談だが、現代詩の眼をした間諜が、宮中に入り込んだことになればいい、と思う。

最後に個人的なことを書けば、二十数年前、わたしがまだ豊橋にいた頃のある夜、近くに住んでいた岡井さんが『本居宣長全集』を借りに来た。例のごとく酒になり、すっかり酔っ払った岡井さんが、自転車の籠の中に何冊かの『全集』を放り込んで、危なげに蛇行しながら闇の中に消えていった。あの真っ暗闇の路地の先に、「雨しぶく道」があったのか、と思う。

（「現代詩手帖」二〇〇八年七月号）

歌と現代詩のあいだ

小池昌代

昔、といっても、十数年前に、「乱詩の会」という面白い会があって、様々な詩型を試そうというわけで、わたしも初めて短歌を作ってみたのだったが、たいへん手こずって、以来、作歌はやめた。あのとき岡井隆は会の中心にいて、犀のごとくゆうゆうと楽しげだった。実験が好き、新しいものが好き、好奇心旺盛で、詩歌と言われるものすべてに愛情が深い人なのだ。短歌自体、ニッポンの詩歌のへそのようなもの。中心を押さえている人は何でもできる。とはいえ、岡井隆のように、現代詩を書く歌人を他に知らないが。

このごろ、わたしは歌に惹かれる。作れないから読むだけだが、人生のここ一番、というようなとき、いきなり歌を作る人もいる。このあいだも、脳溢血で倒れ、一時記憶を失ったわたしの友人が、手術後、回復してくる途上で、昔の恋人の記憶が突如あふれだし、それが次々と短歌に結晶したという。ロマンチックな、いや傍迷惑な(?)話だ。作ろうと思ったわけではないらしい。でも出てきた。お化けである。おそらく歌には、我知らず「歌わされる」というところがある。

それほどのものと格闘してきた岡井隆が、なぜ現代詩を創るのか?

というわけで、今回、「詩集」と銘打たれたものの他に、共同創作の「組詩」や、歌集のなかに収められた定型以外の「詩」についても、初期のものから読んでみた。そうして岡井にとって詩を書くという行為が、詩の韻律や型を問う、実験の場であったことを確認した。あきらかな行わけ自由詩として提出されたものもあるが、興味を引かれたのは、ごく初期から、歌と歌とのあいだを、散文がつないでいくかたちで「詩」が書かれていることだ。

歌集『眼底紀行』の中に収められた同名作品を読んだとき、散文は優しいとわたしは感じた。橋を渡し、説明してくれるからね。それに比べて歌の愛想のなさよ。読む者は勝手に読めと言わんばかり。寄ってくる者には情が深いのに、歌には「一見（いちげん）さんお断り」の冷たさがある。散文は、こうした激しい、崖のような歌が、水平に広がっていくのを助けていた。

　このような「散文」のあり方の特徴は、佐々木幹郎との組詩『天使の羅衣（ネグリジエ）』においても顕著だった。岡井はこの組詩のなかでも様々な形を模索しているが、途中（三回目の「秋の町」）から、率先して長い詞書きの散文を書き、その回以降、二人の間で、詞書きプラス詩歌作品という形が続くことになった。散文が、詩を書く際に、有効に働いたのである。実際、付された冊子（佐々木と岡井の対談）のなかで、佐々木はこの詞書きを「跳躍に至るまでの助走」と言い、加えて、この対談のなかで、詩歌がつなぐ二人の緊密な関係に外部から寄せられる無意識の嫉妬を、第三の要素（散文）が和らげる役目を果たしたのではと指摘して、岡井の同意を引き出している。

　これは連詩や対詩を経験したわたしにとって、たいへんよくわかる意見である。詩の共同制作現場というのは、創る人が読者も兼ねているので、そこで閉じ、充足してしまう。開くためには、何らかの装置が必要で、それが詞書的散文だった。

　歌集『中国の世紀末』に、「人麻呂の船」と題された散文詩作品がある。「長江を下る船旅の、船の中でこれを書いている」と始まる作品だ。船で下る「わたし」は、かつて万葉の時代にも、船で海を渡った人々へ思いをめぐらす。柿本人麻呂の歌「玉藻刈る敏馬（みぬめ）を過ぎて夏草の野島の崎に船近づきぬ」や、若宮年魚麻呂という人の反歌「島伝ひ敏馬（みぬめ）の崎を漕ぎ廻（み）れば大和恋（こひ）しく鶴（たづ）さはに鳴く」などを引用し、注釈を加え、同時平行で、自分がいま在るところの、船旅の時間を書き継いでいく。

　読みながら、今いる自分の時空間が、一気に、驚くべき広さに拡大するのを見たような気がした。歌というものは大きい。人間の時間をやすやすと乗り越え、はるかかなたの時空に橋をかける。こうした時間の膨張感がここに瞬時に生まれたのは、歌（凝縮）と散文（拡散）が混在する形のせいではないか。ここには心臓の鼓動のような、ある律動が生まれている。

　万葉集のこうした歌は、わたしには注解なしには読めないものだが、心配はいらない。前述したとおり、ここでは「わたし」が、ゆるやかに、歌に注釈を付けてくれている。あとは丁寧に読んでいけばいい。エッセイのような形を取りながら、全体が、いつのまにか、一編の作品となっているふしぎ。歌に注釈を施すという「散文の仕事」が、岡井の詩の成りたちの始めにあった。後にこの人は、『注解する者』という詩集を刊行するが、その形は、もう始まっていたといえる。そしてここには、「注解」という名前を借りた奉仕の姿がかいま見える。先人の歌に対する敬意あるいは恋あるいは歴史感覚。

以前、ある小説家の書いた詩を読んだことがある。肉親の死がテーマになった「散文詩」だ。ここに例示できないのが残念だが、小説に比べれば、確かにそれはあまりに短く、その長さを見れば確かに詩としか言えないものだったが、わたしには、何かモードが違うような、奇妙な割り切れなさが残った。これは詩だろうか？

現代詩人・谷川俊太郎にも、同様に肉親の死を扱った有名な「父の死」があり、これは散文脈で書かれたものだが、わたしは疑いもなく「詩」と受け取っていた。

同じ散文なのに何が違うの。詩人が書くから「詩」になるのだろうか。小説家が書くと「散文」になるのだろうか。どんなものでも。　うん、どんなものでも。え？　そんなものなの？　谷川には膨大な詩の仕事があり、そのなかに「父の死」という作品がある。そのような位置づけにおいて、「父の死」は、詩になっていくと考えてみることもできる。

ところが、歌人・岡井隆の現代詩作品には、最初からこういう違和感がなかった。なぜだろう。現代詩を読み込んできた人だからというのでは理由にはならない。その小説家だって、たくさん読んでる。

書いたものが、なんでもすっと詩になってしまう、怖いような感じ。それは歌人全般に言えることではなく、岡井に固有のものであるような気がするのだが、しかし岡井が、定型の歌人でなければ、あり得なかったことだと思う。

岡井の散文は、そもそもすでに、「詩」だったのではないだろうか。そして岡井の短歌と現代詩は、定型と非定型の対比で語られるものではなく、定型から、もう一つの定型への飛行としてわたしには見える。『注解する者』は散文脈で書かれているが、この散文自体にあきらかなリズムがあった（以下、引用する作品は、すべてこの詩集に収録されたもの）。

冒頭に置かれた作品「側室の乳房について」は、米川千嘉子の、次の一首から始まる。「側室の乳房つかむまま切られたる妻の手あり　われは白米を磨ぐ」。この米川の歌は、小泉八雲の「因果話」を踏まえている。

二重、三重に、しかけられた作品引用が、単なる参照としてでなく、過去の時間を呼び出す道具として使われている。

乳房にマンマというルビがふられているが、ドイツ語であり医療用語でもあるのだろう。旧仮名、文語の使用は、「現代詩」では他に見ることがない。聞こえてくる声の数が違う。深さも違う。ポリフォニーの音楽である。こういう拡声器をしかけられるのも、わたしは歌を知る人の底力と思う。

「……私は八雲を読みさしのままJR東海道線東京駅を降りた。横浜からの帰りのグリーン車で食べた弁当がらを捨てて降り立ちそのまま地下街のヘアサロンへ行く。……」。

因果話の奥方の手は、するり、理髪士の手に置き換えられ、私小説的世界の扉を開く。グリーン車、東京駅のヘアサロンと、ゆるみのない小道具が揃っている。「弁当がら」って言葉、初めて聞いたが意味はぱっとわかる。日本語がうれしい。そう、こういう作品を読むと、日本語が使われて喜んでいるような気がする。

理髪店の鏡のなかに、われわれ読者は、渋い名優のような岡井隆の顔を想像する。そこに在るのは岡井のあの顔でなければならず、そのことを思うとき、作品に現れる私性の生々しい魅力を、あの風貌が支えていることにも気づく。りっぱな顔だ。こうして岡井の顔について書くとき、わたしは自分が無意識のうちに、「日本語」のことに触っていると感じる。成熟した日本語の運命に。次は、「若い長身の理髪士」が、「私」の肩を揉んでくれる場面。

「にこやかに話しかけながらここ数日此の詩を書くために（といふのは嘘だが）凝りに凝つた肩から背中にかけてその長い指でほぐして呉れるのだつたが……」

（というのは嘘だが）というところが、面白く、岡井的だ。詩を書く「私」を見るわたし。「私」のなかでも、声は細胞分裂をおこし増殖している。

八雲の「因果話」では、死んでもなおその妬心から、雪子の乳房を摑んだまま、離れなくなった両手を、オランダ人外科医が、手首から切る。それでも手は死に絶えない。この「手」は何の喩だろうかと考える間もなく、読者は、自分の胸が、蜘蛛のような手で摑みしぼられるところを妄想するはずだ。

どんなものを書いても、言葉がこうして、素早く身体に訴えかけてくるのも、岡井隆の詩歌の特徴だ。この生々しさを、「男性そのもの」と書いて、わたしは今、すこし迷った。男性的だが、男性優位（マチズモ）的ではない。岡井の作品には、常に既婚者としての「私」がいるが、歌や詩に現れる、「妻」あるいは「母」の前で、「私」は弱く、ぐらついており、迷っており、甘えている。たとえ「君臨」しているように見えても、そうしなければ自己を保てないというふうだ。弱くみじめなのはどこまでも「私」であり、みじめに歌われた「女」はいない。

こうした女性像の極に現れたのが、妃殿下という存在で、近年、岡井は宮内庁御用掛となり、作品のなかに、皇居風景や皇族が時折扱われるようになった。

「ウィトゲンシュタインと蕗の薹」2には、妃殿下とマーラという小動物が、白昼夢のように描写されている。

「……あれは夢ですか Tatsche（タートザッへ）ですかとお訊ねするとマーラよと仰せられる……」

このようなやり取りから見えてくる、奉仕する身体のイメージ。わたしには岡井隆が、あらゆる女性の肉体を借り、短歌というボディに、お仕えしているように見えてくるのだ。

一見さんお断りの冷たさが、この詩集にもないわけではない。とても読みにくい詩集だと思う。だがひとたび惑溺すれば、心の底からじわりじわり、暗く沸き立ってくるものがある。これは何だ？ 日本語への、日本の詩歌への恋情か。わたしは驚く。自分のなかに、こんな感情が眠っていたのかと。

わたしは、今度は自分が注解者となって、この詩集を若い人々と読んでみたくなる。注解とは仲介でもあったか。岡井は、あいだに立つ透明な存在となって、詩歌を自分以外の誰かに手渡そうとしているが、その行為のなかかから、思いがけず、油のようにしみだしてくる「わたし」に、自らおののいているように見える。ひき臼のまわりに、こぼれ落ちていくその「わたし」こそ、唯一無二のオリジナリティではなかったか。

（2012.4.20）

越境と融合
——岡井隆の詩について

江田浩司

岡井隆の評論集『詩歌の近代』（一九九九）の冒頭近くに、詩に関する次の言葉がある。

> 詩は、すべて短詩に分解されて読まれる。
> 詩は、すべて短詩（短章）を材料にして組み立てられている。
>
> ということはいえないだろうか。わたしが長く短歌を作り続け、読み続けて来た歌人であるからこういう断定をすることになったのであろうか。
> 　わたしには、どうも、そうは思えないのである。何か、日本語の一番すぐれた特質が、短詩の成立を可能にしているように思えるのだ。
>
> （「詩を読むという行為について」）

岡井の短歌創作は、初期から現在に到るまで、このように認識する詩との濃密な関係の内側で行われてきた。もちろん、初期から前衛時代、五年の空白期間を経た現在に到る各時代において、短歌と詩の位相は変化しているが、それは、岡井の短歌のとどまるところを知らない変容と見合ったものである。

短歌の革新性の内部に、詩歌のジャンルの境界を越境し、詩の表現を取り込んできたのが、岡井の創作の特徴の一つである。詩は短歌の革新性を主体的に推進させることに作用する。

岡井において、詩と短歌は併行して創作されていたわけではなく、複数の線が相互に絡み合うように、歌集の内部で総合的な創作の達成に寄与していた。それは、定型詩としての短歌の限界値を意識し、見定めながら行われた。岡井の詩は、短歌の詩的革新性のもとで磨きをかけられ、短歌とともにあることで、相互の表現の限界値を拡張したのである。それゆえに、詩自体の生命に、新たな可能性を開花させるものであった。

岡井の詩には、素材やモチーフや「私」性に関するアナロジーが短歌との間に存在する。その点が、専門詩人とは異なる岡井の詩の特徴の一つである。短歌と詩は、「私」を素材にした相互補完的な関係性にあり、自己還元的なモチーフが濃厚で、私的な劇性に充ちている。この点は、その表象の仕方に変容はあっても、初期から現在に到るまで基本的に変わることはない。また、短歌の延長線上と詩の延長線上に、結節点を想定することが可能である。そこに、岡井の詩の原風景を想像することができる。

ただ、音数律と定型に関する言語実験的な「木曜便り」の「定域詩」に関しては例外である。この詩は、短歌に変わる定型詩の可能性を測り、その限界を見極めることが主目的であるように思われる。それは、短歌の次に来るべき定型詩を試行する行為であるよりも、そこから短歌の詩的革新性に到る道を探っているように思われる。「定域詩」は、短歌の定型の機能と音数律の関係を分析した、岡井の初期の評論『短詩型文学論』を念頭に置いて読まれる必要があるだろう。

本文庫に完本として収録された詩集、『限られた時のための四十四の機会詩 他』以後の詩には、岡井の詩作に、これまでとは異質な意味が付与されている。以前のような短歌と詩の位相に、変化が生じているのである。『限られた時のための四十四の機会詩 他』以後の詩では、それ以前の詩の性格を内在させながらも、短歌との直接的な交感は深層に沈められ、詩自体の固有性が強く表出されてゆく。それ以前の詩作の成果とその応用を、オリジナルな詩の達成の糧として、創作の立ち位置を異化させているのである。それは岡井の詩の創作が、短歌の創作と並行して新たな段階に入ったことを示している。

その意味で、『限られた時のための四十四の機会詩 他』の巻頭詩「死について」は、特に記念碑的なテクストであると言わなければならない。岡井は、この詩を書くことで、歌人という名称を持ちながら、自由詩の創作者としての相貌を、はっきりと現すことになるのである。歌人が書く詩という意味は、ここにおいて限りなく無化されてゆく。

「死について」は、様々な死をモチーフとした、仕掛けと技巧に富んだ詩である。例えば、冒頭の一行「死の瀬の磯の洲(そす)との差　と言つて遊ぶ」は、「の（との）」を介在させて、「し、せ、そ、す、さ」という順に、「さ行音」が挿入されている。これは内実に奥行きのある内容の深いレトリックである。この冒頭の一行は、「し＝死」を含む「さ行音」の韻律的効果をともない、死を多元的に思考する端緒を開く。また、「さ、し、す、せ、そ」が、外側から内側に返るように配列されていることにも、音韻的な工夫の跡が窺われる。

死の瀬の磯の洲(そす)との差　と言つて遊ぶ
死つて曲がることなんだと声高に宣言して遊び
曲がり切らないうちに向うから来る　と言つて遊ぶ
死を束ね／てゐる黄金(こがね)の／帯がある　と作つては遊び
逝くことだといふ噓を青空を喪ふことと言ひかへて遊ぶ

第一連は、死を一般的な認識から詩の内部の言葉へと解き放ち、行末を「遊ぶ」、ないしは「遊び」という言葉で統一して、言葉の遊戯性を介在させる。つまり、死への卓抜な思考と譬喩の効果的な使用によって、死の性質を多様な角度から表現し、プロローグとしての性格を担わせているのである。

続く第二連は、

死はうたでいへば結句。初句かも知れない

という一行だが、ハイデガーの存在論を踏まえ、死への実存的な認識が、詩の言葉の内部で警句のように示唆的に示されている。また、死を短歌の句によって譬えることは、この詩のモチーフが、詩型（詩歌・言葉）の問題とも関わっていることを暗示しているだろう。

第三連が、「死は　ある〈系〉の末席だといふ人がある」という表現で始まるのを読むと、とても興味深い。それが、この表現の本来的な意味ではないにしろ、「死と系」即ち、「詩型」がこの一行には内在されているのである。

この詩には、芥川龍之介や正岡子規、森鷗外の死について触れた連があり、彼らの俳句や遺言の言葉が巧みに引用されている。また、最終の二十一連は、「ことばの死は喪志／沙羅の木のしたの／死の死」という三行であるが、ここには鷗外の詩「沙羅の木」が踏まえられている。

このような引用は、岡井が短歌創作で得意としている「暗示引用（アリュージョン）」と、同様の修辞的な効果をもたらしている。なお、「死について」と同じ時期の歌を収録する歌集『家常茶飯』にも、「死」をモチーフとした歌があり、そこで詠われている身内の死や、友人の死が、この詩を書くことの契機になっていたことが類推される。

さらに、芥川の死に触れた部分では、この詩が書かれた頃、茂吉論「歌集『ともしび』とその背景」の「七、芥川龍之介の死」を執筆しており、その影響があったと思われる。この詩は、岡井が同様の素材やモチーフを、詩型や表現の差異を越えて自在に使用することを見るうえでも好例である。

この詩には、その他にも注目すべき詩句が数多くあるが、特に想像力を掻き立てられるのは第十六連である。晦渋な譬喩表現から発露する詩想が刺激に充ちており、言葉から立ち上がる世界に膨らみが感じられる。

あのあたりはアポトーシス派の寺院が多くて墓が建て
にくいといふ世俗の理由もあるがヤマザラメヤモ教は
なんといつても森だからピノーシスとしてはだな　松
風をきいて何千年も死んで来たのだ

この連では、「アポトーシス派」、「ヤマザラメヤモ教」、「ピノーシス」という言葉が異彩を放っている。

アポトーシス（apoptosis）は医学用語で、本来、多細胞生物の体を正常な状態に保つため、自ら死を選ぶ細胞を意味する。アポトーシスを内在していることによって、人は生きることができるのである。アポトーシス研究の発展にともなって、病気に対するとらえ方が大きく変わり、例えば、人は死なないために病気になることがあることも分かってきたと言う。

次に「ヤマザラメヤモ教」であるが、これは旧来の伝統派を含意しているのであろうか。『万葉集』を信奉する古典派のことが思い浮かぶ。

ピノーシスは、その言葉自体を確認することができなかったが、「アリボフラピノーシス」という皮膚疾患を起こすビタミンB^2の欠乏症があり、それに関係する言葉ではないだろうか。擬人的な使用に注目したい。なお、似ている言葉としてピクノーシス（pyknosis＝核濃縮型細胞死）という医学用語がある。これは、アポトーシスとは異なるプログラムの細胞死のことを指している。

アポトーシスに、「ヤマザラメヤモ教」が介在することで、この連は、宗教的な死を暗示しつつ、身体的な死の様相や実存的な死を、文芸的な死の問題へと敷衍し、寓意している表現であることが想像される。また、その視点から、「松風をきいて何千年も死んで来たのだ」という最後の言葉が意味する射程に注意が向けられる。

この詩句は「閑坐聴松風」（カンザシテ　ショウフウヲキク）という禅語を踏まえたものである。それは、一切の雑念を捨てて、静かに坐りただ松風の音を聴くという意味で、高野素十の俳句「蟻地獄松風を聞くばかりなり」が、この境地を見事に表現している。また、「何千年」とは、詩歌の起源から現在までを含意するのだろうか。

詩歌を言葉による生命体とするならば、自らを生かし、保つために、自死する言葉を内在させることが、詩の生命に関わる重要な要素であると考えさせられる。それは単に時代環境への適応という問題ではなく、詩表現がその起源から内在させる本質的な性格であり、そのことに無自覚な創作は、言葉の作用の偶然性に、詩の生命を委ねる行為を夢見ることにしかすぎないのかもしれないと思わせる。

あるいは、詩歌が生き残るために内在させている自死の要素が、詩歌の歴史に大きな役割を担って来たという寓意が、この詩句には込められているのだろうか。いずれにしても、言葉（詩歌）が内在している死の深奥をかいま見させる詩句である。

これは、人の死に深く思いを致すところから、詩表現によって導き出されたものであり、岡井の死への思惟は、人と詩歌の次元を往還して、特異な詩を誕生させた。

なお、第十七連は、「深いなああ／深いんだよおお／泥だなあ／きれいな泥だけど」という詩句で、前の連を受けて示唆に富む。

岡井の詩人としての新たなる始発が、「死について」という詩によって成されたことを、私は象徴的な出来事として認識している。

『岡井隆の現代詩入門』（二〇〇七）の「あとがき」に、詩歌の批評の方法について、次のような言及がある。

私の方法は、三十代の半ばに『短詩型文学論』（紀伊國屋新書、金子兜太との共著）を書いた時に大わくのところが決まった。即ち詩歌を一篇の構造的作品と見做して、それを意味と韻律の両面から分析しようというものであった。近年それに視覚的な印象についても考察するという傾向が加わっている。

評論を書きながら、日記風の雑談をまじえるやり方は、多分『茂吉の歌 私記』（一九七三）から始まった私の書き癖みたいなもので、読者との間に通路を開こうとしているのであろう。

詩歌の批評に関する方法と、初めに引用した「詩を読むという行為について」の見解を合わせみると、岡井の詩歌の読みの方法がより鮮明になる。また、読みの方法が、創作と表裏一体であることがさらに理解される。ここに述べられていることは、岡井の詩を読むための最良の方法である。

そして、岡井がソネット形式や、それに類似する定型詩を創作することにも、この点は深く関与している。

岡井がソネット形式の詩を初めて誌上に発表したのは、『組詩 天使の羅衣（ネグリジェ）』（一九八八）である。「詩型論」というテーマに挑戦した組詩の中で、三篇のソネットを創作している。その後、ソネットの創作は、『中国の世紀末』（一九八八）の「間投詩篇」と、『神の仕事場』（一九九四）の「困惑する地名に同情する十四行」（「北川透邸訪問記・他」）などを経て、「四十四の機会詩」へと到る。

このように岡井が一貫してソネット形式の詩を創作してきた背景には、定型詩の構造と韻律の実験的な試行による、詩の可能性を追求する意図があったと思われる。特に、韻律の効果を定型詩を通して、現代詩に甦生させるという意味において、ソネット形式の詩を試行したことの意義は重い。

岡井は自由詩人の想像力と、定型詩人としての高度なレトリックを身に付けており、その点が、ソネット形式の詩を自在に書かせる原動力になっているだろう。岡井には、青年期に立原道造の詩との出会いがあり、ソネット創作の原体験となっている。

最後に、岡井の散文詩について言及しておきたい。先に引用した『岡井隆の現代詩入門』の「あとがき」にあるように、評論に「私語り」を導入する岡井は、散文の一般的な概念を広げる行為を行ってきた。その点は、歌の詞書や自注にも顕著に表れており、『人生の視える場所』（一九八二）の巻頭歌の自注など、そのまま散文詩と言っても構わない。

また、『中国の世紀末』（一九八八）所収の「人麻呂の船」は、紀行文風のエッセイでありながら、『注解する者』に通じる散文詩でもある。『注解する者』は、岡井の散文における詩的な集大成であると言える。

岡井は、「小林秀雄、散文と詩のあいだ」（『茂吉の万葉 現代詩歌への架橋』所収、一九八五）というエッセイの冒頭部に、次のように書く。

『無常といふ事』のエッセンスは、巻頭の「当麻」に集約されていました。これが、詩でないといったら、なにが詩だろうと、あのころもおもっていましたし、今も、かんがえはかわりません。

岡井が小林の「当麻」を散文詩として称讃していることは、岡井の散文と散文詩の間（はざま）を考える上でも示唆に富む。

（2012.5.30）

Gendaishi Bunko

現代詩文庫　200　岡井隆詩集

発行・二〇一三年三月一日

著者・岡井隆

発行者・小田啓之

発行所・株式会社思潮社

〒162-0842　東京都新宿区市谷砂土原町三―十五
電話〇三（三二六七）八一五三（営業）八一四一（編集）八一四二（ＦＡＸ）

印刷・三報社印刷株式会社

製本・株式会社川島製本所

ISBN978-4-7837-0977-0 C0392

現代詩文庫　第Ⅰ期

1 田村隆一
2 谷川雁
3 岩田宏
4 山本太郎
5 清岡卓行
6 黒田三郎
7 黒田喜夫
8 吉本隆明
9 鮎川信夫
10 飯島耕一
11 天沢退二郎
12 吉野弘
13 長田弘
14 吉岡実
15 富岡多恵子
16 那珂太郎
17 安西均
18 長谷川龍生
19 高橋睦郎
20 茨木のり子
21 安水稔和
22 鈴木志郎康
23 生野幸吉
24 大岡信
25 関根弘
26 石原吉郎
27 谷川俊太郎
28 白石かずこ
29 堀川正美
30 岡田隆彦
31 入沢康夫
32 片桐ユズル
33 川崎洋
34 金井直
35 渡辺武信
36 安東次男
37 三好豊一郎
38 中桐雅夫
39 中江俊夫
40 高野喜久雄
41 吉増剛造
42 渋沢孝輔
43 高良留美子
44 三木卓
45 加藤郁乎
46 石垣りん
47 木原孝一
48 北川透
49 菅原克己
50 多田智満子
51 鷲巣繁男
52 寺山修司
53 木島始
54 清水昶
55 金井美恵子
56 吉原幸子
57 藤富保男
58 岩成達也
59 井上光晴
60 会田綱雄
61 北村太郎
62 窪田般彌
63 辻井喬
64 新川和江
65 吉行理恵
66 中井英夫
67 粕谷栄市
68 清水哲男
69 山本道子
70 宗左近
71 中村稔
72 粒来哲蔵
73 諏訪優
74 続飯島耕一
75 荒川洋治
76 佐々木幹郎
77 正津勉
78 辻征夫
79 安藤元雄
80 藤井貞和
81 大野新
82 犬塚堯
83 小長谷清実
84 江森國友
85 天野忠
86 嶋岡晨
87 阿部岩夫
88 関口篤
89 衣更着信
90 ねじめ正一
91 菅谷規矩雄
92 井坂洋子
93 片岡文雄
94 伊藤比呂美
95 新藤凉子
96 青木はるみ
97 中村真一郎
98 嵯峨信之
99 稲川方人
100 平出隆
101 松浦寿輝
102 朝吹亮二
103 続荒川洋治
104 続藤井貞和
105 続寺山修司
106 吉田文憲
107 瀬尾育生
108 続谷川俊太郎
109 続続谷川俊太郎
110 続田村隆一
111 続続田村隆一
112 続天沢退二郎
113 続続天沢退二郎
114 新井豊美
115 続吉増剛造
116 続続吉増剛造
117 続鮎川信夫
118 続北村太郎
119 続吉野弘
120 続石原吉郎
121 続鈴木志郎康
122 川田絢音
123 続続吉野弘
124 続北川透
125 続白石かずこ
126 続清岡卓行
127 続宗左近
128 牟礼慶子
129 続吉岡実
130 続辻井喬
131 続大岡信
132 続新川和江
133 続川崎洋
134 続清水昶
135 続高橋睦郎
136 続長谷川龍生
137 続中村稔
138 八木忠栄
139 続佐々木幹郎
140 城戸朱理
141 野村喜和夫
142 平林敏彦
143 続渋沢孝輔
144 続那珂太郎
145 財部鳥子
146 続長田弘
147 吉田加南子
148 続清水哲男
149 辻仁成
150 木坂涼
151 田中清光
152 阿部弘一
153 続続大岡信
154 続続鮎川信夫
155 続辻征夫
156 福間健二
157 守中高明
158 平田俊子
159 村上昭夫
160 広部英一
161 白石公子
162 鈴木漠
163 高橋順子
164 池井昌樹
165 続続清岡卓行
166 倉橋健一
167 高貝弘也
168 御庄博実
169 続吉原幸子
170 井川博年
171 加島祥造　原満三寿／池崇一他
172 続続吉原幸子　谷川俊太郎／新川和江他
173 続粕谷栄市　横木徳久／野村喜和夫他
174 小池昌代　飯島耕一／井坂洋子他
175 征矢泰子　新川和江／新井豊美他
176 八木幹夫　小沢信男／新倉俊一他
177 続入沢康夫　野村喜和夫／田野倉康一他
178 岩佐なを　城戸朱理／矢川澄子他
179 四元康祐　栩木伸明／谷川俊太郎他
180 山本哲也　吉野弘／北川透他
181 続続辻征夫　清岡卓行／高橋源一郎他
182 友部正人　谷川俊太郎／宮沢章夫他
183 河津聖恵　新井豊美／瀬尾育生他
184 星野徹　笠井嗣夫／武子和幸他
185 山崎るり子　三浦雅士／井坂洋子他
186 続渡辺武信　松本隆／荒井晴彦
187 最匠展子　金子光晴／長谷川龍生他
188 続安藤元雄　飯島耕一／新井豊美他
189 続井坂洋子　室井光広／蜂飼耳他
190 高岡修　富岡幸一郎／北川透他
191 続伊藤比呂美　四元康祐／新井高子他
192 川上明日夫　広部英一／倉橋健一他
193 秋山基夫　片桐ユズル／福間健二他
194 日高てる　辻井喬／長谷川龍生他
195 松尾真由美　岩成達也／田野倉康一他
196 川口晴美　鈴木志郎康／野村喜和夫他
197 中本道代　北村太郎／吉田文憲他
198 倉田比羽子　北川透／瀬尾育生他
199 中森美方　神山睦美／北川透他
200 岡井隆　北川透／小池昌代他

＊人名（明朝）は作品論／詩人論の筆者